一ペニーの花嫁

アン・ハンプソン
須賀孝子 訳

JN052112

ハーレクイン
SP文庫

WIFE FOR A PENNY

by Anne Hampson

Copyright © 1972 by Anne Hampson

All rights reserved including the right of reproduction in whole or in part in any form.

This edition is published by arrangement with Harlequin Enterprises ULC.

® and TM are trademarks owned and used by the trademark owner and/or its licensee.

Trademarks marked with ® are registered in Japan and in other countries.

All characters in this book are fictitious.

Any resemblance to actual persons, living or dead, is purely coincidental.

Published by Harlequin Japan,

a Division of K.K. HarperCollins Japan, 2023

アン・ハンプソン

元教師。旅行好きで、各地での見聞をとり入れて小説を書きはじめたところ好評を博し、ついに教師を辞め執筆活動に専念することにした。物語の背景として選んだ場所へは、必ず自分で足を運ぶことをモットーとしていた。70年代から活躍し、シリーズロマンスの黎明期を支えた作家の一人。

◆主要登場人物

エリザベス・ドウス……上流階級の娘。愛称リズ。
グレイト・グラン……リズの曾祖母。
ナイジェル・シャパニ……ギリシア人実業家。
グレタ……ナイジェルの愛人。
スピロ・ロウキア……ナイジェルの従弟。

1

「お早く！　お早く！　チェシャー一番の美女のキスはいかが？　このまたとないチャンスがなんと一ペニー――皆さん、一ペニーですよ！」

「チェシャー一の美女なんてばか言わないでよ」エリザベス・ドウスは苦々しげな声をもらした。

「さあ、お早くどうぞ！」リズの憤慨を横目で見ながらなおもグレイスは声を張りあげた。

「そちらの方、いかがですか？　たった一ペニーですよ」大声をあげているグレイスの横で立ち止まった男は、無表情な顔を向けて隣のめったに見かけないような美しい娘を眺めた。

「ここではキスは実にお手軽なんだな」男の低い声には、わずかに外国訛《なま》りがある。それがいっそう男の声音の魅力にもなっているようだ。

「今日一日だけの特別サービスですわ」即座にグレイスがやり返した。「こんな幸運にはめったにお目にかかれるもんじゃありませんことよ！」それにしても、なんてハンサムなのかしら。グレイスは内心賛嘆の声をあげて男をじっと観察した。うーん、唇が薄すぎるわ。目はまるで氷のようだし。

「で……？　どちらのご婦人がその取引の対象かな？」男は心なしか退屈しのぎといった調子で尋ねた。

「わざわざお尋ねくださるとは、これまたご丁寧な。それも近視でお困りのようにも見えないし」グレイスの当意即妙な会話は、とりわけ美人とは言いかねるご面相を償ってあまりあった。

グレイスの言葉に男の眼光がいちだんと凄《すご》みを帯び、唇がきっと引き締まった。いったい、どこの出身かしら？　ギリシアではないかとグレイスは思った。

横のリズも彼の国籍には興味があった。浅黒い肌、黒髪に灰緑色の瞳、筋肉質のすらりとした体、どことなくしなやかな野獣を思わせる身のこなし……研《と》ぎすまされたような男の顔は、まるで石に刻まれた肖像と見まごうような、傲岸《ごうがん》なところがあった。

「さあ、いかがですか！」若い男たちが連れだって近づいて来るのを目にして、グレイスがまたもや声を張りあげた。「チェシャー一の美人にキスができるまたとないチャンスですよ！」

リズは、そう言われるだけのことはある美人だった。ナッツフォードはイギリスでも伝統的な五月祭を行う場所と自負している町だったし、メイ・クィーンはそのハイライトだった。人々の注目を浴び写真に撮られる――十六の年、リズは誇り高い女王として町を馬で練り歩いたのだった。金髪をなびかせ、沿道の人々を睥睨《へいげい》する王族のようにリズは行進していった。

「きれいだけど、冷たそうね。あの顔つきを見てごらんなさいよ」これからメイ・クィーンの戴冠式が執り行われる広場へとリズが進んで行くと、沿道の人々はそう言い交わした。

「あの高慢ちきな顔。何様だと思っているんだろう」

「息子にはあんな娘と結婚してもらいたくないものだわ」

あれから六年経《た》ったが、リズはいっこうに変わるようすもなかった。いや、いっそう驕《おご》り高ぶり、冷たい人間になったと言ってもよかった。何人もの男が彼女に言い寄った。実業家、金持の息子たち、映画スターや競走馬の持ち主。だが、どの男たちもしだいに彼女をはれものにさわるような慎重さで扱うようになり、けっきょくは遠のいていった。

リズにしてみれば、そんなことはいっこうに気にならない。男なんてどんなに紳士面《づら》をしていても、皆気分屋で、わがまま、自惚《うぬぼれ》が強くて不誠実なものだと決めこんでいた。だいたいからして、結婚なんて愚劣なもので、自分の大切な人生を縛ってしまうなんて、考えてみるだけで身の毛がよだつ。とにかく、リズにはなににも増して自由が大切だった。

結婚なんて、したい人間がしたらいい。たとえばグレイス。結婚して子供を産み、末代まで――なんてつまらないことは、彼女のような連中に任せておけばいいのだ。リズは今のままの見事なスタイルや容貌《ようぼう》が出産のために崩れるなんて我慢がならなかったし、なによりも自由を奪われるのがたまらなかった。

「五枚もらおう」男が銀貨をカウンターがわりのベンチに投げてよこした。「くじ引きなんだね」

「ええ、そのとおりですわ」相手の勘の良いのに一瞬たじろいだが、グレイスは券を渡した。「百分の一の確率です」

男の目に一瞬鋭い光が走ったが、声は穏やかだった。「どうしてそんな確率になるのか説明してもらえるかな?」

「百枚の券に対してここにいるリズが一回キスをすることになっているんです。五百枚券を売れば、この袋の中の半券を五枚引くっていうことですわ」

「なるほど」太く張りのある男の声には、いくばくか軽蔑《けいべつ》の念がこめられているようだ。

「それにしても、この国ではキスを実に安売りするようだ」

「それにはれっきとした理由があるんです」リズが初めて口をはさんだ。彼女のほっそりした顎《あご》はつんと上を向いている。「そもそもこの夏祭り《サマー・フェア》は、トラクターで怪我《けが》をしたお百姓を助けるためのもので、気の毒に、その人もう働けないんです」

「知らぬこととはいえ、とんだ失礼をしました」慇懃《いんぎん》ではあるが、その口調にははっきりと侮蔑《ぶべつ》が聞きとれた。男は娘たちから離れると、仮設のパーキングになっている芝生につながる出口の方に歩いて行った。その豹《ひょう》のようなしなやかな身のこなしに、思わずリズは視線を吸い寄せられていた。

「まったく我慢ならない男ね！」焼き栗でもつかまされたようにグレイスは男から受け取った銀貨をつまみ上げて箱にほうりこんだ。「あんな人に当たらなければいいけど」

「もしあの人の番号を引いちゃったら、また袋に突っこんでしまえばいいわよ」

「お好きなように……でも、正直なやり方じゃないわね」

「あんなやつにキスなんかしてやるものですか」

「間違えちゃだめね。あなたがしてあげるのじゃなくて、あいつにキスする権利ができるのよ」リズの考え違いをグレイスがおかしがった。「それにしても、あなたらしくないことを買って出たものね」

「そのとおりよ。カーターさんがいつも果物販売や小豚の重さ当てばかりじゃ、代わりばえがしないっておっしゃるから。それに、これは一銭もかからないし」リズの表情豊かな灰色の目は、さっきの背の高い男の後ろ姿を追いかけていた。リズにはおかしなことだが、あの男が自分にわざわざ会いに来たような気がするのだ。もちろん、そんなことはあるはずがない。前に会った気がするのは思いすごしだろうか。


カーリントン館《ホール》の居間には重苦しい空気が漂っていた。アダム様式の暖炉の前の椅子にはローズ伯母が丸くなって座りこんでいる。七十歳のオリバー伯父はこの半時間でがっくり十歳も老けこんでしまったような顔とただただどんよりした目で、うなだれた年下のほうの姪《めい》の金髪を眺めているばかりだった。曽祖母《グレイト・グラン》だけがいっこうに動じたふうもなく、黙々と編み棒を動かしている。

齢《よわい》九十一歳ともなれば前途に待ち受けている不幸など、どんな意味も持ちはしないのだろうか。

リズは違った。まるで火を噴かんばかりに目をらんらんと光らせて、妹をなんとしても自分の意に従わせようといきり立っていた。

「ヴィヴィアン、なんとか言ったらどうなの！　ばかみたいにうつむいていないでよ」

「でも、言うだけのことは言ったわ」うめくような声を出すと娘は涙に汚れ、化粧のはげた顔を上げた。「結婚するのよ。愛しているんですもの。止めてもむだよ。誰にもそんなことできないわ」

「あなた、いつもリズの言うとおりにしてきたのに」ローズ伯母がいら立たしげな声をあげた。「リズはいつもあなたの良いようにと考えてくれているのよ。わかっているじゃありませんか」

「彼女にも良いようにじゃないの！　あなた方の都合ばかり、いやよ、犠牲になんかならないわ」姉の威嚇《いかく》するような怒った視線に身を固くしながらも、ヴィヴィアンは必死だった。「フィリップと結婚するのよ」それからやっとの思いで、か細い声でつけ加えた。「愛し合っているんですもの、私たち」

「愛ですって！　ばかばかしい。映画に出かけたり二人して感傷的なテレビ・ドラマを見たりするのが愛だというわけね。そんな愛なんてもののために結婚する人間がいるなんて信じられないわ！」

「でも、私はするわ」ヴィヴィアンはわっと泣き伏した。

「すぐに目を覚まさせてあげるわよ！」リズはきりりと口を結び、脅すように一歩踏み出すと、妹は怖気《おじけ》づいて椅子に身を縮めた。

「いじめるんじゃありませんよ」いら立たしげに曽祖母が言った。今まで編み進んだところに一目穴があいていたのに急に気がついて、目を細めて必死にさがしている。「あの娘《こ》がどうしても結婚したいと言うんなら、それも仕方がないじゃありませんか。自分でしたいようにできる年ごろなんだし」

「年ごろかもしれないけど、おつむのほうはどうかしらね！」リズはもう一歩妹のそばに近寄ると、脅すように相手をねめつけた。

「いいこと？　あなたはアーサー・ロビンソンと結婚するのよ」今にも獲物に飛びかからんとする虎の低いうなりにも似た声でリズは妹に食い下がった。

ひそやかなしのび泣きがやんで、部屋の空気を引き裂くような悲鳴があがった。「いやよ……絶対いや。フィルを愛しているのよ」

リズの口から落胆の重いため息がもれたのを耳にしてヴィヴィアンは口をつぐんだ。リズはその場を離れ、窓を開けた。新鮮な空気でも吸って気を落ち着けなくては……。

目の前の芝生に大きな池が広がり、睡蓮《すいれん》が水面に揺れている。日本庭園の五重の塔、ひなびた橋に花びらがふりかかっている。池畔にはあでやかなつつじがどこまでも続き、花の盛りは過ぎたけれど、日差しを浴びて新緑がひときわ照り映えるようだった。こうした造園の粋《すい》を凝らした庭のほかに野生植物の庭や花壇や並木が広い邸内に点在していた。近ごろの人手不足で芝生のそこかしこは伸び放題だ。この屋敷ができた十六世紀初頭には領地の農民の手をわずらわせることなどなんでもないことだったろうに。

「あなたの一時のばかげた恋愛騒ぎで、この屋敷を失うなんてこと許せないわよ」

「鞭《むち》でお仕置をしてやらなくちゃ。私が若かったころはそうと決まってましたよ」ローズ伯母が口をはさんだ。

「この世の中でお金が一番大事なものじゃないし」言いかけたヴィヴィアンは姉のけんまくに黙ってしまった。

「なにが大事って、お金ほど大事なものはないわよ」

「それはお姉様の考えよ。一度も恋をしたことがないから、そんなことが言えるんだわ」

ヴィヴィアンが必死な声をあげた。

「あなたのしているのが恋だって言うのなら、恋なんて結構、そんなもの金輪際《こんりんざい》するものですか」

「恋をした人にしかこの気持はわからないわ」

「ぐたぐた御託を並べないでよ。聞きたくもないわ」

「いったいどういう気なんだ」今までじっと二人のやりとりを聞いていたオリバー伯父がしわの多いうつろな表情でヴィヴィアンを眺めた。「それにお金だが、ただ愛しているから結婚すると言っても、おまえ……」禿《は》げ上がった頭を振った。「私のことを考えてごらん。これまでどんな目にあったか……」

「伯父様、私、聞きあきたわ」リズが横合いからぴしゃっと言ってのけた。

「オリバーが話しているのはヴィヴィアンで、あなたじゃありませんよ」曽祖母が重い瞼《まぶた》をやっとの思いで持ち上げるようにしてリズをにらんだので、彼女はうんざりした面持ちで老人の言葉の終わるのを待った。「オリバーは自分の愛の遍歴を話したいんですよ」

「愛、愛っておっしゃいますけど伯父様は大して良い目にあわれたとは思えないわ」リズが皮肉たっぷりに切り返した。「四人も奥さんを替えたりして」

「どれも若くぴちぴちしていたよ」オリバー伯父の目は思いなしか潤んでいるようだ。

「だが、皆、悲しいかな、私のお金が目当てだった。今でも昔どおりにお金があれば、今度のことで大騒ぎすることもないんだがね……」

うんざりして、リズはこの伯父に背を見せてヴィヴィアンに向き直った。「あなたの心変わりのことはアーサーに話したの？」

「いえ、まだだけど……」

「それはお利口さんだったこと」怖気づいて椅子に丸くなっているヴィヴィアンを問いつめるようにリズが一歩踏み出した。「もし、そんなことをしたら、いいこと、痛い目にあわせるわよ」

「誰か君を痛い目にあわせるやつが必要なようだな」開け放したドアの向こうから低く通る声がした。

部屋中の人間の視線はそっちに注がれた。荘重な彫りを施した樫《かし》の戸口がまるで額縁のように、夏祭りで見かけたあの男を際立たせている。

〝夏祭りの男〟リズは心中そう彼を呼んでいた。ほのかにリズの頬に血がのぼったのはあのキスを思い出したからだろうか。人々がとり囲んでいる中での抽選だったから、あの男の持っている当たり番号を引っこめるなどという芸当はとてもできなかったし、あの男自身が抽選のときに見物人に混じって成り行きを見守っていたのだ。

「衆人監視のもとでキスとはいただけないな」幸運な当たりくじの別の二人のキスが済んで、男の番だった。「あのテント、あそこには誰かいるのか？」

リズは怒りを含んだ目で男を見上げた。

「ここでキスをするか、ぜんぜんしないかのどちらかにしていただきたいわ」相手にだけ届く低い声でリズが冷ややかに答えると、相手は笑い声をたてた。

「あまり強情を張ると後悔することになる」穏やかな調子ではあるが有無を言わせぬものがあった。まわりの見物人がしんとなって成り行きを見守っている。リズは正面きって相手を見据えた。男の表情は彼の言葉が冗談ではないことをはっきりと物語っていた。リズはなぜとはなく顔をそむけると、自分から隣のテントに入って行った。そこではさっきまでジョーンズ夫人が〈ジプシー占い〉をやっていたのだが、夫の夕食の支度をするというので司祭館にとんで帰ってしまい空になっていたのだ。

テントに入ると、リズは観念したような、一方では小ばかにしたような顔で男に向き直った。「さあ、なにをぼやぼやしてるの。早く済ませてほしいものだわ！」リズは胸のつかえを吐き出すように男を罵倒《ばとう》した……いや、したいとどんなに思ったか。だが、その思いは声にはならなかった。男はそんなリズの心の動きをまるで見てとったかのように、いらいらするほどゆっくりとリズに近寄ると、彼女を腕の中に引き寄せた。それから急ぐようすもなく、抱きしめたリズの顔を探るようにじっと見つめるのだった。男の唇がおりてくると、リズの唇を覆った。はじめはなだめるようにやさしかった男の唇は彼女が相手の腕の中で身を固くするのを感じたからなのか、突如熱情にとらわれたような激しいキスに変わった。それは熱情というより侮蔑されたことへの怒りと呼んだほうがふさわしいものだった。

彼を突き動かしていたものがなんであれ、今やその唇は猛々《たけだけ》しい勢いで、リズの唇をむさぼり、彼の思いのままにリズを操ろうとしていた。リズは男の腕の中でもがいた。だが、リズの体を抱きしめている男の腕は太い鋼鉄の綱のように彼女を締めあげ、かなり体力のあるリズにもかなう相手ではなかった。リズの体内ではふつふつと怒りが煮えたぎり、ぶちのめせるものなら、なんとしてでもぶちのめしてやりたかった。だが、両脇を男にしかと押さえこまれては、腕を上げることもできず、かえって彼女のほっそりした体はぐいぐいと押さえつけられてしまった。

「ふーん、一ペニーの代償としては悪くない慰みというところかな」男の口の端に皮肉たっぷりな笑いが浮かんでいる。「素敵な掘り出し物をさせてもらって感謝しなくちゃいけないな、ミス……?」

リズの名前は、きかなくとも男は先刻承知だったのだ、と彼女が思ったのは、しばらく時間が経《た》ってからだった。そのときは、とにかくリズは肩をそびやかし、頭をきっと上げて、男を不遜《ふそん》な態度でねめつけた。ここで大方の男なら身を屈《かが》めるか、リズの冷たい視線に石のように固くなって怖気づいているところなのだ。テントを出たリズの体は怒りで熱く煮えたぎっていた。よくもあんな非道な扱いができたものだ。

その男が、今、この館《やかた》にいるのだ。

「いったい、ここでなにをなさっているの?」一瞬茫然《ぼうぜん》としたが、即座に気を取り直し、不愉快そうに尋ねた。

「表のドアが開いていたし、この騒ぎではベルを鳴らしてみても聞こえないようだったのでね」部屋の人間に見つめられていることなど気にかけるふうもなく男は居間に入りこんで来た。男は吟味するようにあたりを見回している。骨董品《こっとう》としての価値も高い大きな家具調度、壁の名画、隠し戸でもありそうな樫の羽目板、銀器、陶器の名品の数々、どれも莫大《ばくだい》な過去の遺産を物語るものばかりだ。男の鋭敏なまなざしはこうしたものを瞬時に見てとった。この居間に集まった人々の状況も、当然彼の目に入っていた。椅子におびえたようにちぢこまり、すすり泣いている娘、鳥の爪のように曲がった手に編み物を握りしめて、背を丸めたしなびた老女、不機嫌な男に、いかにも悲しげな婦人と……リズ。

「ナイジェル・シャパニという者だ」

「ナイジェルですって!」ヴィヴィアンが悲鳴ともつかぬ声をあげた。「ギリシアからいらした? アーサーのお兄様ね……」

「いや、兄と言っても半分だけだ」まるで血を分けた存在のことを口にするのもいまわしいと言わんばかりだ。

どおりで見たことがあるような気がしたはずだ。とはいうものの、兄弟の共通点はわずかで、アーサーが生粋《きっすい》のイギリス人といったふうなのに、ナイジェルの父親は疑いもなくギリシア人だとわかるのだ。

「アーサーにお兄様がいらっしゃるなんて知らなかったわ」リズが責めるように妹を振り返った。

「私も知らなかったことなんですもの。お兄様のことをアーサーに聞いたのは、婚約を破棄する気になったあとですもの」リズににらみつけられて、ヴィヴィアンは話を続けられなくなってしまった。

「なぜ、ここにおいでになったのですか?」

「弟からヴィヴィアンといさかいがあったと言ってきたんだ」ナイジェルはヴィヴィアンを見つめていた視線をリズに戻した。「実に間の悪いところに現れたようだな」

「実のところ、またとない良いときにいらしていただけたわ」

「ナイジェル、ねえ、私の味方をしてくださるの?」ヴィヴィアンが哀れっぽい口調で訴えると、その悲愴《ひそう》な表情に心動かされたのか、ナイジェルは厳しい口元をほんのわずかゆるめた。

「誰かほかの男を愛しているのか? ホールまで聞こえていたが……。つまり、君はその男を愛しているから結婚したいって言うんだね」

それにしてもこの男、よくも冷静でいられるものだわ。

「うちの家族の誰かが、あなたの家族の一人と結婚しなければ、あなたも財産をなくすことになるのがわからないの？　あなたも瀬戸際にいるのよ！」

「僕はちゃんと分散してあるから全財産をなくす破目にはならない」ふっと黙りこくった眉間《みけん》に深いしわが寄った。「そうは言っても、かなりのものがなくなるのはたしかなんでね、こうして解決策を求めてやって来たというわけだ。ヴィヴィアン、君はどうしてもアーサーと結婚したくないんだね？　結果としてかなりの財産をなくすことになるのはわかっているね？」

「お金なんて問題じゃないわ」ヴィヴィアンのまつげにたまった涙にナイジェルの表情が一瞬和《なご》んだかのように見えた。

リズの口から、うめきに似た声がもれた。一度として敗北を知らなかった彼女に、初めて思いどおりにならないことが起こったのだ。怒りと焦燥感を彼女は一気に遺言を残した者にぶちまけた。「なんてばかなことを取り決めたのかしら！」

リズの曽祖父とナイジェルの母方の曽祖父は学校で一緒だったが、いさかいがもとで四十年というもの口をきいたことがなかった。あるとき、この曽祖父アーチボルドは友愛協会という宗教団体に加入を勧められた。この団体は〝許しこそ天国へのパスポート〟というスローガンを唱えていた。清廉潔白とは言いかねる一生を送ってきたアーチボルド老人としては、そろそろ後《のち》の世が気になりはじめていたこともあり、この団体に加入した。すると、驚いたことに四十年あまり前の仇敵《きゅうてき》がやはり熱心な会員だったのだ。二人は和睦《わぼく》し、晩年は互いに厚い友好を結んだのだが、それぞれの息子の時代にはまた敵対関係が生まれていた。これとて大して問題にすることもなかったのだが、友愛協会員の二老人にとって事態はゆゆしいことに思われた。それに、協会の諮問《しもん》委員会で両家のわだかまりを指摘されれば天国へのパスポートに判をついてもらえなくなるかもしれない。

二老人から相談をもちかけられた協会の指導者はひとつの解決策を示した。なんとしても両家を結びつけることが一番簡単な方法だと言うのだ。

アーチボルド老人が死んで遺言が公開された。次の年にセプティマス老人が亡くなって、いよいよ遺言の条件を満たす必要がでてきた。

「あなたがアーサーと結婚するのよ」リズの有無を言わせぬ命令に、ヴィヴィアンは長い間強い姉に従ってきた習い性で文句を言うこともできなかった。

双方異存なく婚約が整い、支障なく事が運ばれているように見えていた。ところが、ヴィヴィアンはフィリップという青年とひそかにつき合いを続けていた。彼女にしてみれば、リズが怖くて、とても婚約を破棄するなどと言い出しかねたのだ。だが、結婚があと五週間以内に迫ってくるにつれ、二人の仲をこれ以上隠していることはできなかった。そして今日、ついにヴィヴィアンはほんとうのことをうち明けた。リズは、脅かしたり、すかしたり、妹の気を変えようとしてみたが、くやしいかな、ただ泣かせるだけで、言うことをきかせることができないでいた。

「君がこの結婚に乗り気じゃなくなっているのが、アーサーにはわかっていたんだ。それで今朝、相談のためにこっちに飛んで来たんだ」

オリバー伯父がしかつめらしく切り出した。「我々は一文無しになるのですか？　それとも、あなたの力で、なんとかあの頑固で手前勝手な娘の気を変えていただけますかな？」

「誰も私の決心を変えさせることなんかできないわよ！」ナイジェルが現れて、まるで強力な味方ができたようにヴィヴィアンは勢いこんで声をあげた。

「愛しているから結婚したい……そう思っている者の気を変えられる者などいませんよ」ずいぶん経ってからやっと口を開いたナイジェルの声音には、くぐもったところが感じられた。

ヴィヴィアンが信じられないものを見るような面持ちで彼を見上げた。青い瞳が星のように清く澄んで輝いている。

「私の味方をしてくださるのね」ヴィヴィアンは半信半疑ながらほっとため息をついた。

「ここにいらしてくださってほんとうによかった……」

「たわけた二人の老人の思いつきを反故《ほご》にする方法はないかしら」リズはナイジェルがひたと自分を見据えているのに気がついた。「莫大な財産が友愛協会にいくなんて我慢できないわ」

「そう、たしかにもったいない話だ」ナイジェルは部屋にいる家族一人一人を試すように眺めている。「ほかにもこの取り決めの代役をつとめられる人がいないわけではない」ローズ伯母を見るナイジェルの顔を見てリズは眉をひそめたが、すぐに相手の意味するところをさとった。「僕の伯父に一人結婚してもよさそうなのがいるな。この伯父は遺産の受益者じゃないが、これで恩恵に浴せるとなれば、いやとは言わないだろう。マダム、もう一度結婚なさる気はおありになりませんか？」

「もう一度ですって？」ぎょっとして伯母は丸々とした小柄な体を起こした。「私は結婚なんてしたことはありませんよ。それを六十八にもなって愚にもつかないことをやるはずがないじゃありませんか」

「そうですか」ナイジェルはおかしそうな表情で、今度はオリバー伯父を眺めた。「それでは、あなたはいかがですか？　僕には伯母もおりますが……」

「伯母さんは君のほうで面倒みるんだな。私は四人も妻を持ったが、最後の女のおかげですっかり腑抜《ふぬ》けにされてしまった」

なにかもくろみがあることはたしかだ。リズは言いようもない興奮で背筋が疼《うず》くのを感じていた。

「それなら、おばあ様はいかがですか？」ナイジェルはリズから視線をそらした。おかしくて仕方がないのをこらえているようすなのがリズには気に障る。

「ひいおばあ様よ」ヴィヴィアンがおずおずと訂正した。ナイジェルはすぐさま間違いを改めた。

「これは失礼しました、ひいおばあ様。それで、いかがでしょう？」

ナイジェルが横を向いているのでなにを考えているのか見当がつかない。

「だって、九十一よ！」ヴィヴィアンが仰天して叫んだ。

「九十一歳？　ほう、そうですか？」仕方がないといったふうにナイジェルは肩をすくめた。「それでは無理だな」ナイジェルは視線を移し、妙に生き生きした表情を浮かべてリズを眺めている。

部屋の皆はひっそりと黙りこくった。

「残された解決策は一つしかありませんね」

「なにか良い考えがあるんですかな？」伯父はもどかしそうに先を促した。

ナイジェルがおかしそうにゆがめた口元を見てリズには疑念が湧《わ》き上がる。

「あるにはありますがね。ただ……計画に一役買っていただかねばならぬ女性に賛成していただけるかどうか……」

「そんなもったいぶってないで、はっきりおっしゃったらいかがなの？」リズが突っかかった。

ナイジェルは袖のちりを払うと、おもしろくもないといった調子でつぶやいた。「要は、君と僕が結婚するということだ」

ナイジェルの一言で部屋は水を打ったように静まりかえった。ヴィヴィアンが金しばりにあった身をふりほどくように口を切った。

「リズは結婚しないわ。とてもそんなタイプじゃなくてよ！」

「結婚なんかに縛られるのはばかばかしいとあの娘は常日ごろ言ってますからな」オリバー伯父が横合いからつけ加えた。

「頑固なほどの独身主義者ですよ」伯母はがっくりとして首を振った。「解決策があるって言われるから……でも、リズを当てにしてもむだですよ」

「いったい皆、なにを騒いでおいでだえ？」曽祖母が眼鏡ごしに皆をにらんだ。「この男と結婚しなさい、リズ。それでもう大騒ぎはやめにしてもらいたいものだよ」

「そんなひどいこと！」なんとおぞましい……ナイジェルに怖い顔をして見せると、リズは長椅子を離れ、窓辺に立って外を見渡した。なにもかもなくなる……この屋敷も、莫大な遺産も……そんなことがあってなるものか。この老いた人々、とくに曽祖母はどうなるのだ。他人はリズを心の冷たい人間と言うけれど、リズは年寄りのこととなると見捨てておけなかった。

曽祖母の視力と聴力は日増しに弱り、近ごろは心臓のほうも悪くなってきていた。生きられても、せいぜいあと一年か二年のことだろう。その最後の日々を老人ホームで送る……そんなかわいそうなことはさせられない。だけど……リズは思いを振り切るように頭を振った。

「結婚してもいいわ」とうとう重い口を開くとつぶやいた。「でも、住むのは別々よ」

耳の遠い曽祖母以外の者は、皆呆気《あっけ》にとられてリズを眺めた。

ナイジェルが口を開いたのはずいぶん経ってからだった。「君の言うような生活をする気はない。二人だけでじっくり話し合ってみようじゃないか」

「話し合うようなことはありませんわ。あなたの妻として一緒に暮らすつもりなど金輪際ありませんからね」

「君の提案するような結婚は僕の好みじゃない。結婚してすぐさま別れるというのは、友達とかの手前もあるし、あまり利口なこととは言えないだろう……」

「私がどうして結婚するのか皆わかっているから、私が夫と別居していようと誰も不思議に思うことはないと思うわ」リズの顔は蒼白《そうはく》で、握りしめたこぶしが小刻みに震えている。

「一生嘘《うそ》で固めた生活はしたくない。結婚すれば、もちろんギリシアに来てもらう」

年寄りのことが気になるのは言わずもがなのこと、声が震えるのを抑えられないのがもどかしい。「で、私はどんな得をするというの？　私はこの家が欲しいのよ。結婚式が終わりしだい別れるんじゃなけりゃ、この話には、うんと言えないわ」

「君は両家の財産が見も知らぬ人の手に渡ってもなんとも思わないのか？」リズが返事を

しないでいると、穏やかな声がたたみかけてきた。「君はこの屋敷が好きで、失いたくないんだろう？　それなら、もう一度考えてみるんだな。この屋敷が人手に渡って、財産は協会にいってしまうんだ」

協会の名前を聞いたとたんに怒りが頭をもたげた。曽祖父があんな気狂い集団とかかわりを持ちさえしなければ、こんなことにならなかったのに！

「どうころんでも、私が負けね」じっと考えこんでいたリズがやっと顔を上げた。

「そういうことだ」冷たい一言を吐くと、ナイジェルは椅子に深く座り直した。

「あなたと結婚したくないのは充分承知しておいてくださいね。私が負けたと言っても、あなたに屈服したわけじゃないんですから」

「もう少し気持良く話し合えないものかな。こんな調子では、いつまでも堂々巡りだ」

リズははっとして相手を見つめた。「まるで私と結婚したいみたいな口ぶりね……」

「そう思わせたとしたら失礼した」素気《そっけ》なく切り返されてリズは頬を熱くした。「君に夫がいらないのと同じに、僕にもさし当たってどうしても妻をもらわなくてはならない理由もないんだ。だが、君の言うように自分の指の間から遺産がこぼれ落ちていくのを手をこまねいて見ている法もないだろう」リズはまたも背筋がぞくぞくする。財産は分散してあるから自分の分け前がなくなっても大した損失ではないと最初あれほど言っておきながら、今はその遺産のために結婚しようと彼女に迫っている。ほんとうの気持はどっちなのかしら。リズに結婚を承諾させようという真の魂胆はなんなのだろう。リズは一瞬怖気づく。この男は半分ギリシア人だ。ギリシア人と言えば情熱的な人種として世にきこえた存在じゃないかしら。そう言えば、あのキス……欲望をむき出しにしていた……もちろん、あんなキスぐらいでのぼせあがるような私ではない。でも私のほうに、気がなくもなかったのかしら？　あれは無理強いとはいえないのかもしれない。有無を言わせぬ抱擁、この男《ひと》の力を過小評価してはいけない証拠かもしれない。

「お互い干渉はしない」まるでリズの心の中を手に取って、読み取っているかのように、ナイジェルが彼女の思考の流れの堰《せき》を止める。「同じ屋根の下に住んで、友達が来れば愛想よくふるまってくれればいい。あとはそれぞれ好きに生活すればいいじゃないか」ナイジェルはリズがなにか言うかと一息おいたが、彼女を見ようとはしなかった。なにとはっきり名づけられぬ力に、リズの心はたち騒ぐ。ナイジェルの言うとおり、その言葉に他意はない……それなのに……。「これが理にかなった解決の道……いや両家の財産を保持する唯一の方法なんだ」ナイジェルがひたとリズを見据えている。そうなんだわ。自分はこの男に惹《ひ》かれているわけじゃないのだ。問題解決に一番良い道だというだけなのだ。

「決して束縛されまいと思っていたのに……」リズが重い息をついた。

相手の男は静かに笑った。その表情の変化にリズは内心はっとする。

「おかしいね。僕もそう思っていた。ところが、君が現れた――つまり、これしか解決の道はないんだからね。誰も自分の将来なんて予見できないものなのさ。いわんや、待ち受けている困難など知りようもないんだ……婚約成立かい？」おかしそうにナイジェルが片方の眉を上げて尋ねた。

リズは即答をしぶった。ゆっくり考えてみなくては、と答えた。パルナッソスの地から現れたこの浅黒い肌の男、その深い緑の瞳に吸いこまれるように顔を上げたリズの心に不安が広がっていた。

2

アテネをあとにした二人の車は海岸に沿って走っていた。けぶったような行く手に、七色の光を浴びて立ち現れてきたのはエギナ島。それに続くのはサラミス島。

「ギリシアは初めてじゃないね」リズを小ばかにしたようなナイジェルの語尾を引っぱった話しぶりは、結婚したばかりなのに、もうリズの気に障る。

「アテネはちょっと……」リズの取りつく島のない答えで、あとはただ二人とも黙りこくった。リズはこんな事態にはまりこんだそもそもの発端《ほったん》となった曽祖父《グレイト・グラン》たちの人迷惑な信仰心を思って、自虐的な苦しみにひたっていた。せめてイギリスの広壮な屋敷のことでも考えて、自分を慰めるしかない。ときおり実家《さと》帰りをして英気を養わなくては、これから先の単調な生活に耐えられそうもなかった。峠を越えればパルナッソスの地に入るという険しい山道に、車はさしかかっていた。

「いったいなにが気に入らないんだ？　少し気楽にしてくれないか。まるで氷塊を積んで走っているような気になってきたよ」

「あなたを楽しませるなんてことは契約のうちに入っていなかったはずよ」

「楽しませる?」ちらっとリズを見返す夫の灰緑色の瞳がおかしそうに笑っている。「君が人のことを楽しませる術《すべ》を知っているなんて考えてもみなかったよ……」

リズは怒りでぐっと目をむいた。だが相手が暗になにをほのめかしているかに気がつくと頬に血がのぼるのだった。

「わかってらっしゃれば世話ないわ」リズはぷいと窓外に視線を移した。車は下りにかかっていた。眼下に信じられないほど美しいギリシアならではの景色が広がっている。糸杉やオリーブ、ぶどうやポプラが、濃緑や灰緑を取りまぜた緑の饗宴《きょうえん》を繰り広げ、見事なパノラマだ。

ナイジェルがヘアピンカーブにさしかかって、巧みにギアを一段落とした。「まさか、一生こんな具合にお互いよそよそしく暮らしていくつもりじゃないだろう」

「そういうことでいいと了解したんじゃなかったかしら?」

「友人たちの前では愛想よくしてもらう約束だ」なぜとはなし、夫の口調には気にかかるものがある。なにを怖がることがあるだろう? リズはしっかりした性分だ。肉体的にも決してか弱いほうではない。ほっそりとやせて見えるけれども、それはうわべだけで、水泳やテニス、登山などで鍛えた筋肉質の体をしていた。

ナイジェルから一言あるのを待っている。リズはいかにも憎たらしいという調子をこめて、冷ややかな声を出した。

「どんな顔をしてほしいのか知らないけれど、常識の範囲でご期待を裏切らないつもりです」ナイジェルが唇の端を噛《か》んでいる。急にアクセルをふかすので車はつんのめるようにスピードをあげた。

「お互い理解するように努力しようじゃないか。僕は忍耐強いというより、強情なほうかな。先にわかっていれば、いやな思いも少ないだろう」

いい気なものだ。まるで本物の夫が言いそうなことをぬけぬけと……。

「私がにぶいのかもしれないけど、おっしゃることがよくわからないわ」

「君がわかろうとしないからだ」

「どんな違いがあるの？」

「微妙に違うね。リズ……もう少し気をつけてものを言ったほうがいい」

「脅かしてもむだよ！　あなたがなにを言いたいのか知りたくもないわ。とにかくほうっておいてよ。二人とも好きに生活すればいいという約束だったわ。だいたい結婚する気なんかなかったのよ。男なんて退屈なだけ。独りよがりの演説をぶって、あれでも会話のつもりかしら。これからのあなたとの生活で、男の愚かしさがいやというほどわかるようになるわね。耐えがたい人生が待っているんだわ」

「四六時中耐えがたい思いで顔を合わせていたくないね」対向車が現れたのでナイジェル

は車を右に寄せた。

「いったいどういう意味かしら」ナイジェルの声にリズは気色《けしき》ばんだ。相手からは返事がない。

「一度も結婚したいと思ったことがないのか……」しばらくして、ナイジェルがぼそぼそと例の間のびした口調で言った。「変わっているね」これはリズの耳にも届いた。彼女はむきになる。

「私だって普通の女よ。ただギリシア人から見れば……」ナイジェルがちらっとにらんだのに気がついて、リズは言葉を濁した。「あなたたちには女性なんて、家財道具のひとつぐらいにしか映らないのよ。男の欲望を満たし、子供をたくさん産んで、男に仕える動く道具なのよ。それがギリシア人の女性観かもしれませんけど、他では通用しませんよ。女性にもそれなりの人生を生きる権利があるわ。私は独身《ひとり》で生きていくことにしました」

「独身?」ナイジェルはおかしくてたまらないといったふうだ。「君はなにか忘れてるんじゃないか?」

リズの頬が真紅に染まる。そう、たしかにこの数分間、自分の身に起きた現実を忘れていたのだ。

「私は独身のつもりよ」ぴしゃっと言い返したものの、我ながら子供っぽくて顔が熱くなる。おもしろがっているナイジェルの笑いが聞こえてくるものと思っていると、一言厳しい声が返ってきた。

「君は結婚したんだ」黙りこくった二人を乗せて車は細く曲がりくねった山道を疾駆《しっく》して行く。この地はディオニソスの棲《す》み家、その祖父神カドモスがテーベの要塞《ようさい》を築いたところだ。

母の違う兄アポロ神が人間の品位と高潔を象徴するのに、ディオニソスは人間の卑俗さを代表すると言われる。今、リズが駆け抜けているギリシアの神々の揺籃《ようらん》の地は屹立《きつりつ》する山々と峡谷、赤褐色の広野と緑、激しいまでの対照の中に浮かび上がる厳しい孤高の世界だった。

二人はそこからどのくらい走っただろう。山腹にただ一人、羊飼いが、先の曲がった長い杖《つえ》を持って、羊と山羊《やぎ》を放牧しているのが見える。つづら折りの山道をひとつ曲がったところに、もの寂しげに一軒店が見えてくると、ナイジェルは車のスピードを落とした。

「なにか飲まないか?」

「いいえ、結構」ナイジェルが喉《のど》が渇いているのを知っていながら、リズはわざとたてつきたかった。リズはシートに深く背をもたせかけた。「寄り道して時間をむだにしたくないわ。先を急ぎましょうよ。日も沈みかけているし……」

ナイジェルは気にもがけぬように車を道端に寄せた。「時間ならいやというほどあるさ」長い脚を車から伸ばして立ち上がり、ドアを閉めたナイジェルの声の調子からはなにを考えているのか、よくわからない。

「僕は冷たいものが飲みたいんでね。失礼する」

あとに残されたリズは怒りでかっかとしていた。なんとか自分の思いどおりに相手を動かしたいというリズの最初のもくろみは、見事に当てがはずれてしまった。

ナイジェルが木陰で心地よさそうに手足を伸ばしているのがリズにも見える。グラスを前に隣のテーブルの客となにやら楽しそうに話しこんでいる。リズは喉が渇いて引きつれそうな思いだった。生唾《なまつば》をのみこんでいる彼女をナイジェルが見ているのがわかる。そう、彼はリズが死にそうに喉が渇いているのをちゃんと知っているのだ。リズは手を握りしめる。できることなら相手をにらみ殺してやりたい。

ナイジェルが車に戻って来たのは三十分も経ってからだった。リズは内心煮えくり返る思いだった。彼がそれに気づいていることが、なおのことやりきれない。

「あと少しだ」車はレヴァディアを過ぎた。「もう五十キロもないよ。疲れただろう?」

リズは答える気にもならない。黙ったままの二人を乗せて車は疾走して行く。内心の怒りは静まらなかったが、リズは窓からの眺めに感嘆していた。前方にパルナッソス山がそびえている。テオドシウス大帝が異教の神を禁じ、デルフィの神殿が破壊されると、信仰は自然にこの山に移ったのだ。山頂は残雪に覆われ、雲の中にかすんで見える。車は細い山道をめぐり、眼前に突如としてひらける谷を渡り、分水嶺《ぶんすいれい》に登って行く。パルナッソス山の懸崖《けんがい》を抜けると峡谷が眼下に広がる。海抜三千メートルの山肌にすがりつくようなアラコヴァの町が目を楽しませてくれる。古代ギリシアの時代から風の強い町で、〝住民はなべて羊飼い、山に出《い》でて羊の群れの食《は》むのを見る〟と詩にもうたわれたところだ。

「かわいらしい町だろう?」ナイジェルが穏やかな声をかけた。

リズは思わず相手を見返した。あまり黙っていてあきあきしたのかしら、それともリズの気持をほぐそうとしているのだろうか。無視してつんとしていようかとも思ったが、そもそも功利的なこの結婚がこれ以上冷ややかなものにならないように、少しは譲歩しなくては。

「ええ、きれいね」町の目抜き通りを走りながらリズは応じた。家の窓々には極彩色の織物が下げてある。この町は観光客の喜びそうな刺繍《ししゅう》や壺《つぼ》や民芸品といった特産品できこえたところなのだ。

「でこぼこ道や小川がなんとも言えずにいいわ」家々のテラスには色も鮮やかな花が並んでいた。

そこからカストリまでの道のり、二人は前よりうち解けて言葉を交した。カストリは太陽神アポロの神殿のあったデルフィの発掘の際に移築された町だった。

ナイジェルの家はカストリの町を見おろす場所にあった。風雪に耐えた石灰岩の二階建ての建物の円柱をめぐらした中庭《パティオ》には、鮮やかな花が咲き乱れ、蔦《つた》が濃い影をつくっている。人を酔わせるような重いベイジルの香りにときおり屋敷の外れに咲いている夾竹桃《きょうちくとう》の甘いにおいがまぎれこんでくる。パルナッソス山の二つの峰が今しも傾きかけた日の光を浴びて薄もやをかけたような桃色にけむっている。そうしてリズが眺めているうちにも、そそり立つ峰は銀をまぶした真珠色から澄んだ紫色へと変容していく。コンドルや鷲《わし》が棲むというきり立った峰やめまぐるしく変わる景色を前にしながらリズの心は不思議な安らぎを味わっていた。暑く長かったドライブのあとでは中庭の涼しさが心にしみ入るようだ。あたりは静寂そのもの、ときおり花の間を飛びまわる昆虫の羽音と噴水の音だけが聞こえてくる。

「きれいだわ！」リズはナイジェルをふり仰いだ。なんて背が高いのかしら……こうしてあお向かなければならないことにリズは劣等感を覚えた。

「気に入った？」ナイジェルはリズの反応をおもしろがっているようにほほ笑んだ。ちょっと離れて、まるで初めて見る人のようにリズをしげしげと見つめている。「君の住んでいた城のような屋敷には比べられないが……。この家に手を入れて修理したときには独身者用の住まいということしか考えてなかったものでね」

　ふとナイジェルは笑いをもらした。次に手をたたいて使用人を呼んだ。

「ニコス、妻だ」

「奥様……？　ナイジェル様の？」

驚いたというよりも度を失っているというのが当たっているような男のうろたえたようすにリズは眉をひそめた。使用人がこれほど驚いた表情を見せるというのは……ナイジェルにはすでに妻がいるということかしら？はじめの興奮から立ち直ると、使用人は満面の笑みを浮かべてたどたどしい英語で歓迎の辞を述べはじめた。

「ナイジェルの奥様、お初にお目にかかります。よくいらっしゃいました」

「よろしく、ニコス」振り向くとナイジェルはその彫りの深い横顔を見せて落ち着きはらっている。

「荷物をおろしてくれ。妻のは白の間《ホワイト・ルーム》に運ぶんだ」

不思議そうな表情がニコスの顔をかすめた。「承知いたしました、ナイジェル様」

ホワイト・ルームは息をのむような美しさだった。壁や天井は白く塗られ、家具、カーペット、カーテンは淡いピーチ色に統一されている。大きなバスタブとシャワーのついた浴室はピーチとグレーの二色で見事な対照をなしている。

「ほかにご入用のものはございませんか、ナイジェル奥様？」

リズは首を振ったものの、いったい、ニコスがどう思っているのか気にはかかった。この寝室にはシングルベッドが一つだけしかないし、奥の間に続いているようなドアも見当たらない。

「いえ、結構よ」

「奥様のお荷物の整理に妻をよこしましょうか」

「自分でするからいいわ」

ニコスが静かにドアを閉めて出て行くと、リズは鉄柵《てっさく》のついたバルコニーに出た。小さなテーブルと、座り心地の良さそうな肘《ひじ》かけ椅子が置いてある。壁に留めつけた張出し棚に置いたバスケットから花が咲きこぼれている。バルコニーの端に置かれた陶製の壺に花が植えこまれ、透かし彫りの鉄柵に蔦がからまっている。アンフィサ平原の灰色のオリーブの波が揺れてイテア湾に連なり、コリントの海の青さとひとつになるのをリズはあきずに眺めていた。パルナッソスの稜峰《りょうほう》は西に姿を隠そうとする日の光を背に受けて暗くかげり、その影の落ちる先にはファエドリアデスの二つの峰がそそり立っている。

部屋に戻るとリズは荷物を整理し、バスに入ると涼しい木綿の袖なしのドレスに着替えた。部屋を出て広い廊下で戸惑っているとニコスがそばに来た。

「こちらでございます、奥様」彼について行くと食堂に出た。ナイジェルが大きな窓のふちに片手をかけ、今リズが眺めていた同じ景色に見入っていた。リズが入って来たのに気づいて振り返ったナイジェルの視線がリズの豊かな金髪から素足の華奢《きゃしゃ》なサンダルへと走る。

「お食事をお持ちしてもよろしいですか？」

「そうしてくれ」ニコスが出て行くと、ナイジェルは妻に食前の酒にはなにがいいかと尋ねる。

シェリーを注文して、リズはナイジェルが手招きした窓辺の椅子に腰をおろした。向かいに腰をおろしたナイジェルは、思いなしか憂い顔で唇をぎゅっと結んだままだ。リズにしても、こうして座っている自分が信じられない。思いはおのずとあわただしい結婚式のことになる。ひっそりと寂しい式だった。彼女の家族だけ。それも、曽祖母《グレイト・グラン》は教会まで出て来るのは無理で欠席だった。

式の前日、リズはこの結婚をいつご破算にするつもりか尋ねてみた。ところがナイジェルが、この結婚は永続的なものだと言い出した。ギリシアでは結婚は軽々しく考えていいものではないというのだ。

便法として結婚を提案したのはナイジェルのほうなのだから、リズには不思議だった。自由であれば結婚していようが離婚していようがかまわないと思っているリズにしても、いったいナイジェルがなにを考えているのかはかりかねた。逆にナイジェル自身、一生彼女に縛られることになるのがかまわないのならリズにはどうでもよかった。

「お食事の用意ができました、旦那様」二人が席に着くと、ニコスが給仕を始めた。主人から始めようとすると、ナイジェルは驚いているニコスにはかまわず、リズからだと合図した。

食事が済むとナイジェルは外出した。リズは中庭に出て本を繰っていたが、十時になって寝室に引きあげた。もうすでにリズは身をもてあましていた。これから先、いったいどうやってこの倦怠《けんたい》感に耐えていったらいいのだろうか。

3

リズがカストリに着いて三日目、はずせない用件ができたと言ってナイジェルはアテネに出かけて行った。結婚当初から夫が始終そばにいることなど夢にも考えてみなかったので、ナイジェルが留守なのはもっけの幸いだった。

リズはまるで長期滞在の客みたいだった。別棟にでも独立して住みたいと思ってやって来たのだが、家がそれほど大きくないので我慢するほかなかった。

自室の鏡台でリズが爪を塗っていると、ニコスの妻マリアがおずおずとドアをたたいた。

「おはいり」入って来たギリシア女の表情はなぜかおびえている。たどたどしい英語だった。

「ナイジェル様はどこでしょうか。主人が見当たらないもので、先程から私がナイジェル様をおさがししておりますんですが……」

「留守よ。なんなの、マリア?」

「お留守でございましたか……。ア、ア、ア、アリモノ、ハ、アリモノ！」マリアは両手を握りしめている。「女の方がおみえで……荒れ狂っておられるんです。ナイジェル様に会わせろと無理をおっしゃいまして……」

「怒り狂っていると言うのね?」そのときニコスが現れた。やはり心配そうな顔をしている。

「今マリアの言ったアリモノっていうのはなんなの?」

「それは、悲しいという意味です」ニコスは妻を押しやるようにして進み出た。「ナイジェル様にご婦人が会いにみえまして、お留守だと申しますと奥様に会わせてくれとおっしゃって……」

「どなたなの?」リズはナイジェルが自分を妻だと紹介したときのニコスの驚いた表情を思い浮かべていた。

「え……その……」ニコスは困り果てたのか唇をなめるばかりだった。リズは眉根を寄せてニコスを見据えると高飛車な調子で相手を詰問した。

「いったいどなたかときいているんです。さっさとおっしゃい」

ニコスがそばのマリアに一瞥《いちべつ》を投げると、マリアは黙って台所の方へ足早に出て行った。

「ご婦人はグレタという方で、ナイジェル様の……」ニコスは消え入りそうな声で言うと目を伏せた。

「愛人なのね」ナイジェルの情熱的なキスがまざまざと甦《よみがえ》る。彼に愛人がいてもリズは不思議に思わなかった。かえって一人もいないと言われたら、驚いただろう。

「奥様、お腹立ちではないんですか？」

「お客様をサロンにお通しして。すぐお目にかかるからと申し上げなさい」

「承知いたしました、奥様」ニコスはリズが取り乱したようすを見せないので面くらったような顔をしていた。

リズは着替えて髪をとかすと玄関ホールに向かった。その向こうがサロンだった。女は窓から外を見ているので入口には背を向けて立っていた。柔らかな靴は大理石モザイクの床にも音を立てなかったので、リズはわざと小さく咳《せき》をした。女はゆっくりと振り向いた。

「ナイジェルはどこ？」もどかしそうに女が尋ねた。

「ニコスが申し上げませんでしたか？　主人は留守です」リズはソファーに歩いて行く。

「お座りになりません？」

「座れですって？　いったい誰に話しているかわかっているの？」

「あら、よろしければ教えていただけます？」

女の怒りに油を注いだようなものだ。つかみかからんばかりの女の目が暗く燃えている。

「ナイジェルと私は一週間前、あの人がイギリスに出かけるまで婚約同然の仲だったのよ。いったいなにがあったの？　あなたは誰よ？」

「婚約していた？」リズは信じられない思いで相手を見返した。結婚なんてする気はなかったとリズが言ったときのナイジェルの反応が思い出される。

「そうよ――婚約していたのよ！　いったい、あなたは誰よ！」女は居丈高にくり返した。

「名はなんていうの？」

一瞬青い氷片が目の前にちらちらする。

「エリザベス・シャパニ」リズはいまいましい思いでつぶやいた。「で、あなた様は？」

女は歯ぎしりするように吐き出した。「グレタ・シェルドン！」数秒考えていたが女はリズが指さしたソファーに腰をおろした。

「いったいいつナイジェルは帰って来るのよ！」

「さあ、存じませんわ」自分でなにを言ったのか気づく前に口が動いていた。見上げたグレタの顔は半信半疑だった。

「知らないの？　それでも新婚なの？　ずいぶんおもしろいわね……」

「もちろん、ナイジェルから連絡の電話がありますもの」リズはつけ足したが、なにを考えているのか、グレタは上《うわ》の空だった。いやでも好奇心が動く。「どうして電話をくださいませんでしたの？　私たち火曜日からおりますのよ」

「私も留守をしていて、今朝帰って来たところよ。帰って来たらナイジェルが結婚したっていうじゃないの。私のメイドはここのニコスの妹なのよ」リズがその先を促すような顔を向けると、いらいらした調子でグレタが続けた。「ナイジェルがあなたを愛しているなんて信じられないわ」

リズの頬が赤く染まった。この無礼な客人を追い出してやりたい気持の裏で好奇心が疼《うず》く。目の前の女性のなんと美しいことだろう。浅黒い肌、誘いかけるようなまなざし、どんな男でもあの唇には触れてみたいと思うだろう。そして、グレタの体の丸みのある曲線――女は少し太り肉《じし》のほうがよい――男たちがあけすけに言うのをリズも聞いたことがある。

「ニコスに、用があって会いたいとおっしゃったようですけど……いったいなにかしら？」

「あなたを見てみたかっただけよ」人を食ったようなグレタの言葉。「この目で確かめるまであなたのことを信じられなかったのよ」と言ってから、しばらくして、「あの人、なんだって、あなたと結婚したのかしら？」とつけ加えた。

「普通、結婚の理由は決まっているわ」リズは冷ややかに応酬した。

「そう、普通はそうよね。でも、彼がイギリスに行ったのはビジネスだったわよ」グレタは口をとがらせた。

ビジネス？　ナイジェルはこの女にどこまで話しているのかしら……。「もちろん、そのビジネスってなんだったかご存知なんでしょう？」

相手が一瞬うろたえたのをリズは目ざとく見てとった。

「ナイジェルは急いでいたから話してくれる暇がなかったのよ」

リズの口元がかすかに笑いにゆがんだ。「そう……というより、あなたに話す気はもともとなかったんじゃないかしら？」

怒りでグレタの瞳が暗くゆらぐ。「時間がなかっただけよ！　いつだってナイジェルは私に相談してくれるわ！　私たち婚約していたようなものなのよ。何度言ったらわかるの！」グレタはハンドバッグの紐《ひも》を固く握りしめて立ち上がった。この女が突如かわいそうに思えるのがリズにも意外だった。

「いったいどうなっているのか突き止めてみせるわ。あの人だってこのままじゃ済まされないわよ」

グレタが出て行ってからもしばらくリズは今のやりとりの一部始終を考えていた。昼食のあとは本を持って気持の良い中庭《パティオ》の木陰で午後を過ごすことにした。その午後、ナイジェルの遠縁が訪ねて来た。ナイジェルが留守だとニコスが言ったのに、夫人はおられますと言われて中庭に入りこんで来たようだった。

「奥様《ミセス・ナイジェル》だって！」客の声にリズは本から目を上げた。

「ニコス、おまえ、今なんて言ったの？」

「ナイジェル様はイギリスに行かれて奥様を連れてお戻りになりました。……奥様《ミセス・ナイジェル》、こちらはスピロ様。お従弟《いとこ》さんにあたられます」

ずんぐりした若者が茫然《ぼうぜん》とした面持ちでリズを見つめている。

「ほんとうにナイジェルの奥さんなんですね?」スピロは夢遊病者のようにふらっとリズの前の籐《とう》椅子に倒れこんだ。「夢をみているんじゃないんだろうな」

リズは思わず笑った。きつねにつままれたようなスピロがあまりにもおかしかった。

「たしかにナイジェルの妻です。今日で結婚して一週間になるかしら」

「ナイジェルが結婚するなんて……金輪際《こんりんざい》結婚なんてしないと思っていたんだが……失礼だけど、ほんとうのことですか?」スピロにはとても信じられないことらしい。

「ニコスが嘘《うそ》をつくとでもお思いなの?」

「いや……だが、まだ信じられない。いったいどなたなんです? どこで会ったのかな……。彼はずいぶん長いことイギリスには行ってなかったし……」

親戚とはいえ、ナイジェルはどれくらい結婚の顚末《てんまつ》を話すつもりだろう。リズには決めかねた。

「私たち、知り合ってから長くないのよ……」言いかけるとスピロが自分の行儀の悪さに急に思い当たったように弁解を始めた。ギリシア人にとって礼節は大切なことなのだ。

「遅ればせながらカストリにようこそ! まだ名前もうかがっていませんでしたね。先刻ご承知のように僕はスピロ、スピロ・ロウキア」

「はじめまして、スピロ」リズはほほ笑む。「私はエリザベス。でもたいていリズと呼ばれていますけど」

「リズ……僕もそのほうが好きだな。大歓迎ですよ」

はじめの驚きから醒《さ》めると、スピロはすっかりうち解けて二人のなれそめを知りたがった。「あのナイジェルが急いで結婚したのも無理ないな……」

リズはスピロのお世辞にうれしがるでもなく黙って座っていた。リズは男が自分のことをどう思うかなど、ちっとも気にならなかったし、どんなほめ言葉もあからさまにささやかれると鼻白む思いを味わうのだった。今も相手の気をそがぬ程度に二人が婚約もそこそこに結婚したのは、ナイジェルがギリシアに仕事があり、イギリスに戻って来るのを待つよりも、式を挙げてしまうほうが万事都合がよかったからだとリズは言いつくろった。

「とにかくロマンチックな話だ……」スピロはふと口をつぐんだが、ぎこちなく尋ねた。

「グレタ、って娘《こ》は……」

リズは思わず顔をゆがめた。「会ったわよ」リズはグレタの訪ねて来たときの模様を話しはじめた。スピロの顔色が変わるのがおかしかった。

「あの娘はこれからも悶着《もんちゃく》の種《たね》だな。ナイジェルを自分のもののように思いこんでふるまっていたよ。このまま結婚にでも持ちこめば、という魂胆だったんじゃないか。だが、ギリシアじゃ、男は情事の相手とは決して結婚しないものなんだ」はっとしてスピロが口をつぐんだので、リズは屈託なさそうに笑いを浮かべた。

「そんな顔なさることないのよ。グレタのことは気にしてませんもの」

「気にならない？　イギリス人ってよほど腹が座っているんだな」

ナイジェルとグレタの仲がどうなっていようと、リズにはどうでもよかったが黙っていた。ナイジェルが二人の情事に終止符を打たなくてはならない理由はなかった。彼がリズと結婚するようになった経緯を説明し、夫婦としての実質はなにもないということを知れば、グレタは喜んで元どおりの関係を続けるのではないかしら。もちろん、それで結構だ。

「二人はその……長いつき合いなの？」

「そう、二年ぐらい続いているかな。これまでの中で一番長続きして……」スピロはそこではたと気がついたがもう遅い。あきらめたように肩をそびやかした。「まったく、僕はなんてとろいんだ！　ナイジェルはなかなか発展家だったけど、もうおしまいだろう。リズ、心配ないよ。彼は不実な男じゃない。心配しないで、ね、リズ。しないね？」

リズはおかしくて笑いそうになった。真相を知ったらどう思うかしら！

「大丈夫、気にしないわ」

「僕が口を滑らしたことをナイジェルに黙っていてくれるね？」

「もちろんよ」

すっかりうち解けた二人は午後の日差しが傾く中庭に座っていた。自分でも驚いたことに、リズは陽気で茶目っ気のあるスピロと話しているのが楽しかった。

神々の社や、このあたりで見物する価値のある事跡のことで話は尽きなかった。アンフィサとイテアは絶対行くべきだ。ナイジェルが仕事で留守ならば、スピロが喜んで案内しようというのだった。

この単調な生活にも少しははずみがつくだろう。リズはスピロの誘いを受けることにした。

ひとしきり話がはずんでの立ち去り際、スピロはリズが目をむくようなことを口にした。

「先週ナイジェルがイギリスに飛んだ遺言の件がどうなったか知っていますか」

スピロはナイジェルの曽祖父《グレイト・グラン》たちの遺産相続の条件について問わず語りに話した。

「あの条件は異議申し立てをすればよいと弁護士に言われてたんだ。ヴィヴィアンというイギリスにいる老人の身内とナイジェルの弟《ハーフ・ブラザー》アーサーとの結婚で条件が満たされるからとほうっておいたら、突然その娘がアーサーとの結婚を渋りはじめたらしいんだ。ナイジェルがイギリスに行ったのも、両家で協議して、遺言の失効の申し立てをするためだったんですよ。あの条件は法的には拘束力のないものだそうでね。両家のひいおじいさんたちも理想にかぶれて、変なことを考えたものだな」

スピロの話を聞いている間も、リズは自分が何者なのか、いく度となくうち明けようと思った。だが、なぜか心の中で彼女を引き止めるものがある。いつしかスピロの声も耳に入らなくなっていたが、リズは屋敷でナイジェルが家族の全員に結婚するつもりはないかときいてまわったときのことを思い出していた。当然誰もうんと言わないことを見越しての質問は、ほかに誰もいないから、彼とリズが結婚しなくてはならないように事を運んだのだ。今になってナイジェルの用向きが想像していた以上のものだったのがわかった。ヴィヴィアンとアーサーのよりを戻させることよりも、遺言の取り消しを求める訴訟を起すことだったのだ。

遺言の無効を申し立てに来た彼は、リズに会って突然気を変え、結婚することに決めたのだ。そう、ナイジェルはリズが欲しかったのだ！　ほかに理由があるだろうか？　ナイジェルは両家の一員同士の結婚という条件は法的な拘束力がないことを知っていながら、うまくリズを結婚させるように仕組んだのだ。怒りがリズの全身に満ち溢《あふ》れる。無理に結婚させられたのだ！　なんというまぬけ！　いったい自分の理性はどこに行ってしまっていたのだ。冷静に考えてみれば、あんな遺言が法的に認められるはずがないことぐらいわかったはずだ。

必要もないのに無理やり結婚させられた……それもナイジェルの気まぐれから！　ナイジェルがそこにいたらぶちのめしてやりたかった。

ナイジェルはけっきょく十日間留守だった。グレタはいやがらせのように毎日電話をかけてきた。

リズが出かけている留守に、ナイジェルはなんの前ぶれもなく帰ってきた。リズは村までヴィヴィアンの結婚のお祝いを見つくろいに行ったのだが、なにもないのでスピロとアテネに行く折まで延ばすことにして帰ってきた。

広い前庭にナイジェルの車がとまっているのを見て、リズは体の中に新たな怒りの炎が燃え上がる思いだ。

「ハロー」リズが中庭に行くとナイジェルが声をかけた。コーヒーを飲んでいるところだった。リズは突き放すように鋭く夫を見た。

「なんだって私をだまして結婚させたのか説明していただきたいわ」一言の前置きもなくリズはつめよった。ナイジェルは驚いたようすもない。

「あなたの従弟のスピロが訪ねてきたんです」リズは噛《か》みつくように言った。「ひいおじい様たちの遺言は拘束力がないことをあなたはずっと知ってらしたっていうじゃありませんか。それならどうして私たちが結婚する必要があったの？　教えてほしいわ！」リズの声はしだいにかん高くなっていた。ナイジェルの顔が赤くゆがむのを目にして気持は高ぶるばかりだった。

「ちゃんと聞こえている。もう少し静かに話ができないのか。自制心がないのが女性のいやなところだ。僕と話をしたければ、穏やかにやってほしいね。以前にも君がその調子でヴィヴィアンにつめよっているのを見てはいるがね」リズの頬が紅潮し、鼻孔が痙攣《けいれん》しているのがまるで目に入らないような批判がましい口調だった。「腰をおろして冷静にスピ口がなにを言ったかを話したまえ」

食いしばった歯のきしむ音がナイジェルにも聞こえたにちがいない。私に目の前の男と同じ体力があれば……思いきり相手を地面にぶちのめしてやれたら！

「スピロに聞きましたが、あなたは遺言が法的拘束力を持たないのをご存知だったようね。イギリスにいらしたのも、私か誰か、家族の者と遺言無効の申し立てをする相談のためだったのよ」

相手を見おろせるように向かい合った場所からリズはゆっくりナイジェルの側にまわった。ナイジェルの黒い眉がぎゅっとつり上がったのを見ても、それが彼の怒りの表れであるとは知る由もない。そのときのリズは、おかしなほど相手の静かな反応につけこんでいたのだ。

「どうして気が変わったの？　私には知る権利があるわ。さ、おっしゃいよ。自由な身分を捨てて、みすみす結婚させられたのですもの。理由《わけ》を言っていただきたいものね！」思いが溢れてリズは震え声で、いつしか声高になっていた。ナイジェルが椅子を指さした。

「座るんだ」彼の命令にリズは一瞬ぽかんとした。

「座るもんですか！」座れ……だなんて。いったい誰に命令しているつもりかしら。

相手がなにをしようとしているのかわかったときにはリズはナイジェルに抱き上げられ、手荒に椅子にほうりこまれていた。怒りで喉《のど》がつまりそうだった。がばっと身を起こすと夫の手がしっかりとリズをその場に釘《くぎ》づけにした。

「気をつけるんだな、リズ」しなやかな動物を思わせるナイジェルの声が響く。「あまり人の忍耐力を試すようなことをすると痛い目にあうよ。僕はそう気が長いほうではないんでね」

「なんですって、痛い目……?」信じられない顔をしてリズは夫を見上げた。これまではリズの言うことはなんでも通った。彼女にたてつこうという人は、かなりの決心が必要だったはずだ。

歯ぎしりしたい思いを隠してリズは決心した。あの夏祭り《サマー・フェア》の会場でこの男を見た瞬間から言いようもなく忌み嫌ってきたのだ。そんな男に負けてたまるものか。敗北感を味わうのはごめんだ。人を侮《あなど》るようなあのキス、決して屈服しまいというリズの強固な意志を砕こうとしてか、ナイジェルのキスは執拗《しつよう》で侮蔑《ぶべつ》的だった。

「いったい、どうしたっていうんだ。言っておくがこれまで僕は平和に安穏な生活をしていたんだ」

「それなら、どうして、私を引っぱりこんでその平和で安穏な生活をぶち壊すようなことをしたの? なぜ私と結婚したの?」

「どうしてだか、ちゃんと知っているじゃないか」

「あなたの最初のもくろみは、遺言の異議申し立てをすることだったんでしょう?」

ナイジェルは眉をひそめ、不快さをはっきり表して答えた。「スピロは言わずもがなのことを言いすぎる。だいたいあいつはちゃんとわかってしゃべっているんじゃないから始末が悪い」

「どうしてかしら？　ここまでわかっていて嘘をつくのはよしてほしいわ。なんだって気を変えたの？」

「異議申し立ては一番簡単な道ではなかった」リズの質問を無視してナイジェルは続けた。

「もちろん、僕は一番手っ取り早い方法を選んだ……君との結婚だ」

「あなたは私をペテンにかけたのよ。私は黙ってはいませんから。御《ぎよ》しやすいギリシアの女とは違うのよ！」

「リズ、いいかい。僕は君のためを思って忠告しているんだ。だが、君は聞く耳を持たんようだな」

怒りで息がつまりそうだった。だが、くやしいことにここでリズが立ち上がったら、夫になにをされるかわからないという恐れが先に立って、彼女は身動きできないでいた。ようやく口がきけるようになると彼女は結婚した動機をむし返すように尋ねた。

「もう答えたじゃないか。それが一番簡単だったからだ」

「でもお金は問題じゃないって言わなかったかしら？」

「そんなことも言ったな。だが、両家の莫大《ばくだい》な財産をなくすのもつまらないとも言っただろう」

「言い抜けをするつもりなのね」ナイジェルがどうして異議申し立てをやめることにしたのか、その理由がつかめずにリズはいら立った。

「そんなつもりはないね」すっかりこのやりとりにあきたとばかりにリズを見返す夫の視線は、鼻もちならない彼の話ぶり以上に彼女をいきり立たせるのだった。しばらく思いにふけっていたナイジェルがスピロに二人の結婚をどんなふうに説明したのかと尋ねた。

「友達の前では親密そうに見せておけっておっしゃったじゃないの」ナイジェルがあとで悩み苦しむようなことを言ってやれたらと一瞬考えたが思い浮かばなかった。「スピロは私たちの結婚が普通……じゃないとは思ってもいないわ。もちろん、遺言と私との関係も知らないわ」

「秘密をしゃべらなくてよかったよ、リズ」ナイジェルはリズを見据えて続けた。「絶対話すんじゃない。いいね。さもないと償いをしてもらうことになるぞ」

4

リズは夫が言を左右にしてほんとうのことを言わないのが腹立たしかった。

午後になり、芝生に寝そべって肌を焼いていると、電話が一度鳴ってすぐ静かになった。ナイジェルの声が彼女の耳まで聞こえてくる。

グレタにちがいない。聞き耳を立てたいという誘惑をもみ消すようにリズはごろっと体を転がしてうつ伏せになった。これで背中も均等に日に焼けるだろう。ナイジェルが急に近くにいるのに気づいてリズはびっくりした。これでは家の中にしのびこむ暇などありはしなかった。

「例のあなたのガールフレンドからね？　あなたが出かけて二日ほどして、訪ねて来たわ、私たちの結婚に動転していたわよ」

ナイジェルが顔をしかめる。「どうしてわかったのかな……」誰に言うともなくつぶやいた。

「使用人たちに決まっているでしょう」ぶっきらぼうなリズの言葉に、神妙に夫はうなずくと視線をリズの肢体に走らせた。

「で、グレタと話をしたのか？　どうしてさっきそれを言わなかったんだ？」

「あなたの情事の顛末《てんまつ》なんかに、興味はないわ」

ナイジェルはほとんど裸に近いリズの体に鋭い一瞥《いちべつ》をくれると、ゆっくりと屋敷の外に続く庭戸に向かって歩いて行った。リズは夫の背の高い後ろ姿が見えなくなるまで見送った。どこへ行くのだろう？　グレタのところだろうか。夫とは名ばかりの赤の他人のことなど、ほうっておけばいいじゃないの……。

それにしてもナイジェルはリズと、どうして結婚したのかしら？　止めようとしても、また、その疑問が頭をもたげる。腹立たしいのは、そうして考えこんでも堂々巡りに終わることがわかっていることだ。スピロはなにもわかっちゃいないと夫は言ったけれど、スピロの話はかなり真相に近いとリズは確信していた。ナイジェルの弟とリズの妹ヴィヴィアンの婚約が破れるのならそれもかまわない。遺言の異議申し立てをすれば事は済む。そのためにイギリスに行ったとスピロは言った。そのとおりだったのだろう。あれこれ考えているうちに、リズははたとあることに思い当たった。あまり奇想天外なことなのでリズは思わず飛び起き、大きな青い瞳は虚空をにらんだ。……あのお祭りでのキス……まさかあれがナイジェルの欲望に火をつけたなんてことがあるかしら……むさぼるように激しいキスと抱擁だった。欲望からリズに結婚を申し込んだのかしら……リズをものにしたくて結婚したんだとすると……でも彼女にシングルベッドの部屋を当てがったのはどうして？　リズとのセックスが目的なら最初からそういう段取りをするのではないかしら？　いら立ちとかすかな心配の入り混じった心をなだめるようにリズは立ち上がり、着替えをしようと家に入った。

ベッドルームを出て、玄関ホールを通りかかると電話が鳴った。

「ナイジェルはどこ？」鋭い声が電話の向こうで聞こえる。

「主人は留守にしております。なにか伝えましょうか？」

「どうしても会いたいからって、さっき電話をしたのよ。どうしてまだ来ないの？　いったいどこにいるのよ？」リズは相手のだみ声に受話器を耳から離した。そうか、夫はグレタに会いに出かけたわけではなかったのだ。グレタがこんな調子で電話してきたのなら、ナイジェルが行く気にならないのも無理ないわ。

「申し訳ありませんが存じません」リズは慇懃《いんぎん》に答えた。「よろしければ伝言を承っておきますが」

しばらく沈黙が続く。グレタの怒った顔が目に浮かぶようだ。

「今晩もう一度電話をすると言って……あーナイジェル、来てくれたのね！　どうしてこんなに遅くなったの……」かちっと受話器を置く音が耳に響いた。やれやれこれでせいせいしたわ。夫の欲望のやり場について心配する必要もない。これからもグレタに面倒をみてもらったらいいのだ。

スピロが来たので、リズはお茶に誘った。

「ナイジェルはどこだい？　帰って来たのは知っているんだ。母が車に乗った彼を見かけたと言うんで来てみたんだ」

「ガールフレンドに会いに行ったわ」

「えっ？」一瞬、呆気《あっけ》にとられたようだったが肩をすくめた。「ま、当然行くだろうな、話をつけに。グレタがどう出るか知らないけど、つまり捨てられて……」スピロのしてやったりと言わんばかりの口調から彼がグレタをおもしろく思っていないことがわかった。

「でも、そうはいかないかもしれないわよ」

「つまり、そう簡単には離れないだろうってこと？」スピロが同意しかねるとばかりに首を振った。「君はナイジェルって男を知らないね。一度彼がおしまいと決めたら、もうグレタはお払い箱さ」

「彼に、お払い箱にする気がなかったら？」自分でもなにを言っているのか意識しないうちに言葉が先に出ていた。リズの本心がはかりかねるように、スピロはしばらく黙っていた。

「もちろんナイジェルは精算するさ。それにしてもグレタのこと、よくそんなに冷静でいられるなあ。イギリスの女性は嫉妬《しっと》したりしないのかい？　夫が昔の愛人《ピロー・フレンド》に会いに行ったなんて知ったら、ギリシアの女なら半狂乱だよ」

リズは迷った。夫のことは腹立たしかった。なにもかも洗いざらいぶちまけたらなんと胸がすっきりするだろう……だがリズは我慢した。二人の契約結婚の秘密は守るとナイジェルに約束したのだから、破ることはできない。約束を反故《ほご》にしたら償いをさせると夫は脅した。そんな脅しなんて怖くはない。だがそれから生まれる生活の摩擦に耐えていくわずらわしさを思うと、リズの気力は萎《な》えるのだった。

「私、あまり嫉妬深いたちじゃないのよ」スピロのなにか言いたげな顔に見つめられて、リズは理由にもならない言いわけを思いついた。ありがたいことに、この件に関してはそれ以上話題にならなかった。ちょうど、ナイジェルが帰って来たのだ。芝生を横切って来る彼の姿は、さながら古代のギリシアの英雄のようだ。ほっそりとした彼の体がまるで羽がついているように軽やかに、リズミカルに動く。その横顔は、太陽神アポロの彫刻のようにくっきりとしている。すんなりと伸びた腕を振り、貴族的な広い額《ひたい》にかかる黒髪をなびかせてナルジェルは歩いて来た。彼には犯しがたい尊厳があった。リズは今まで、これほどの男性に会ったことがなかった。この男に似つかわしい住まいはオリンポス山かしら……リズの想像はしだいに広がりはじめた。愛人としての彼はどんなだろう？　横柄で欲求が多くて、経験豊富なナイジェルはどうやって欲望を表すのかしら……リズは自分の想像力のたくましさに、思わず頬を染めて顔を伏せた。

大股《おおまた》にリズに近づいたナイジェルが見つめているのは知っているのだが、しばらく彼女は顔が上げられなかった。

スピロがさっそく、今度の唐突ともいえる結婚のいきさつを話してくれと、ナイジェルに尋ねた。だがどんなふうにスピロが水をむけても、ナイジェルが話そうとしないので、ついにはあきらめたようだ。

ナイジェルは一族の中の特異な存在で、ときおりその行動が友人や親戚の目をみはらせるようなことがあっても誰もあえて批判をすることはないようだ。いってみればナイジェル自身が一族の規範なのだ。

ナイジェルが気短な調子で手をたたくとニコスが現れた。

「お茶をくれ」ナイジェルは椅子に深くもたれると、柄《がら》にもなくリズが顔を伏せているのを、珍しいものでも眺めるようにしげしげと見つめた。

もう頬の赤味はひいたかしら……リズはそっと顔を上げた。今日のリズは華やかなプリントの、胸の大きくくれた服を着ていた。リズの柔らかな金髪が彼女の整った顔立ちに落ちかかった。リズはもの心ついて以来、人に振り返られることに慣れっこになっていた。きそって男たちは賛嘆の声をあげ、彼女の気を惹《ひ》こうとした。だが心動かされたことはなかった。陰で〝御《ぎょ》しがたい女〟と言われているのも知っていたが、そうした自分の頑《かたく》なところを誇りにさえ思っていた。リズに冷たくあしらわれた求愛者の一人が腹立ちまぎれに、いつかリズをいやという目にあわせる男が出てきてほしいものだと言ったことがあった。この男は根気よく、リズに女の従順の美徳を思いおこさせようとして、そのむだな努力をリズに嘲《あざけ》られたのだった。

ナイジェルは相変わらずリズを見つめたままだ。まるで愛撫《あいぶ》するように彼の視線は、リズの優美な肢体をなぞっていた。リズの頬に紅の色がのぼると、ナイジェルは小気味良さそうな薄笑いを浮かべた。リズは歯ぎしりしたい思いだった。スピロさえいなければ、妙な目つきで人を見ないでほしいと怒鳴りたいところだ。感情を爆発させるのに遠慮などしたことのないリズにとっては、こうして自分の気持を抑えているのは骨の折れることだった。

しばらく他愛のない話が続いた。ころあいをみてスピロが、アテネ観光にリズを案内する予定だと切り出した。ナイジェルの瞳に険悪な影がよぎるのを見て、リズはわけもなく後ろめたい思いにとらわれた。

「二人でアテネに行く計画だって？　それも一晩泊まってくるというんだな」

「そうなんだ。計画をたてたときには、君が帰って来るかどうかわからなかったし。かまわないだろう？　それとも君も一緒に来るかい？」スピロが思い直したようにつけ加えた。

ナイジェルの眉が不愉快そうにつり上がった。

「ご招待とは親切なことだな」ニコスがお茶を持ってきたので、ナイジェルはテーブルの前の二人から顔をそむけるように横を向いた。

そのときになって従兄《いとこ》のようすに気がついたのか、スピロが弁解がましい口調になった。

「なにかまずいことを言ったかな？　かまわないだろう？　リズと僕は従姉弟《いとこ》ってことになるんだから」

リズは夫に目を向けた。急に保護者面《づら》をする気なのかしら……私が誰とどこへ行こうが、彼の知ったことじゃないのに。

「二人でアテネに行って、悪いはずがないじゃないの」リズが断固として言った。「それにナイジェルは私と同じに、人の行動には実に寛大なのよ。ねえ、そうじゃなくて？」刺すような毒のこもった甘ったるい口調でつけ加えるとリズは夫を見上げた。

音になるかならないか、ナイジェルの歯ぎしりするのがわかってリズは笑いを噛《か》み殺した。

リズの言葉を無視してナイジェルがなに食わぬ口調で言った。

「人のお楽しみの邪魔をする気は毛頭ないんだが、独身の従弟と自分の妻がアテネの市中を遊びまわっているっていうのはどうもね」ちらっと横目でリズをにらむと続けた。「ギリシアでは人聞きの良いことじゃないんでね、スピロはわかっているはずだ」

「そんなつもりじゃないんだ。だいいち親戚じゃないか」スピロがいささかあきれたような声を出した。

「そう、親戚ならあることだ」

「リズはそうじゃないっていうのかい？」

「だが君たちの計画しているような旅行に行くほど近い間柄とは言えんな」

リズは怒りで顔が火照った。スピロがいるのをいいことにして……リズができることといえばせいぜい、ナイジェルに頭にきているとわからせる視線を投げつけることだけだ。夫はそれを見て、ますます、おもしろがっているようだ。知らず知らずリズは掌《てのひら》を握りしめていた。

「ナイジェル、本気で反対しているのか？　僕たちたった一晩しか泊まらないんだよ」

「リズを君と出すわけにはいかない」ナイジェルがそれ以上議論の余地はないとばかりに宣言した。「もうこの話はやめだ」自分でお茶をつぐと、深々と椅子に座り直した。つとめてリズと目が合わないようにしている。リズはなおのこと頭にきたが、スピロが帰るまでは必死に我慢をした。

「どういうつもりなのか説明していただきたいわ！　好きに生活するって約束だったでしょう。あなたがなにをしようと干渉しません。だから私が誰と出かけようと、ほうっておいてよ！」

ナイジェルはサンドウィッチに伸ばした手を止めた。「土曜の晩はお客を招《よ》んでいる。もちろん君には家にいてもらうよ」

「ほんとうなの？」

「君は僕が嘘《うそ》をついているとでも言うのか？」夫の声が険しくなった。

「たった今思いついたんじゃないの？　私がスピロと出かけるのをやめさせようと思って……」

「口実なんて必要ない。僕がスピロと出かけてはいかんと言えば行けないんだ。いいね、君は行ってはいけない」

「私をなんだと思っているの！」憤怒で見境もなくなっているリズの口から言葉が奔流のように飛び出してくる。「私に指図しようなんて考えないでちょうだい。私はあなたに忍従している妻でもなければ尻尾振ってついていくめかけでもないのよ。どうしても自分の思うままに女を操りたいんなら、グレタのところに行ったらいいでしょう。彼女はあなたのサディスティックなところが気に入っているんでしょうね。さもなきゃあんなにあなたに振られるって半狂乱になったりしないでしょうよ！」

気味の悪い沈黙が続いた。ナイジェルの氷のように凍《い》てついた怒りがひしひしとリズに迫ってくる。リズは思わず椅子に身を縮めた。とってつけたようにゆっくりとナイジェルはカップを受け皿に戻すとテーブルに置き、同じように時間をかけて立ち上がり、リズの前に立った。果てしなく続くのではないかと思える殺気をはらんだ一瞬だった。目にもとまらぬ早さでナイジェルはリズをつかんで立ち上がらせると、いやというほど彼女を揺さぶった。血が逆流し頭がずきずきする。

「もう一度あんな口をきいたら、今度こそあざができるほどぶちのめすぞ」夫の口調は穏やかだったから脅しでないことははっきりしていた。褐色の顔に怒りでひきつれた青筋が浮き出ている。目は獲物を狙う蛇のようだ。「この国では、女は夫を敬うことになっている。これから君に、それを覚えこませるつもりだ！」

リズをはなすとナイジェルは、つと彼女を押したのでつまずきそうになりながらリズは元の椅子に座った。心臓が激しい動悸《どうき》を打っている。ナイジェルは相変わらず目の前に立ちふさがっている。「謝罪してもらいたいものだな」

「そんなこと考えるだけむだよ！　決して謝ったりしませんからね！」

まるで悪魔《サタン》だ……あやしく光るナイジェルの目を見つめてリズは内心うめき声をあげた。どうしてこんな男と結婚するような愚を犯してしまったのだろう！　ただ契約結婚をするのだとばかり思っていたのだ。二人とも互いに干渉せずに暮らしていく。体面上、夫の国に住む。そうとばかり信じていたのに。急に夫風《おっとかぜ》をふかしていばりくさるなんて許せない。夫を敬うようにリズを仕込むだなんて……だが、ナイジェルは必ず成功させる気でいるのだ。

ナイジェルがやっと自分の椅子に戻った。椅子のカバーの紺に麻のシャツの目にしみるような白さが、鮮やかな対照をつくっていた。

「前にも言ったが、気をつけるんだな」もの憂げに語尾を引っぱったいつもの口調とうって変わり、ナイジェルの声は怒気を含んでいた。「もう一言つけ加えておきたいんだが……」盗み見るような夫の目付きになおのことリズはいら立った。「こうして君にお仕置するのは実に楽しいね、僕はもともと女、子供は動物と同じで躾《しつけ》が必要だと信じているんだ」リズを見て、ナイジェルは声をあげて笑った。無意識にこぶしを握ったり開いたりしているリズの顔には青筋が浮き出ていた。夫に対する怒りが毒のようにリズの体内をかけ巡る。夫は本気であんなことを言ったのかしら……リズをなぶりものにして楽しんでいるのだろうか。

「いったいどういうつもりか知らないけど、あなたがこのゲームを続けるのなら……」

「ゲーム！　なんのことだ？　僕は今までこれほど真剣にものを言ったことはないぐらいだ。じゃじゃ馬ぶりもいい加減にして女らしいふるまいを覚えないのなら当然の結果は覚悟するんだな」と言ってから、とってつけたようにやさしい口調になった。「ま、楽しいなんてものじゃないことは覚えておきたまえ」

リズは茫然《ぼうぜん》とナイジェルを見つめていた。さっきより動悸もおさまってきた。夫のあの腕力を侮《あなど》ってはいけないわ。これからはもう少し利口にたちまわるようにしなくては……。あの暴力を見せつけられるのはたくさんだわ。

それにしても謎めいた男だ。遺言書の異議申し立てというのが、イギリスに来た当初の目的だった。それをなぜ、リズと結婚することにしたのだろう。まったく不必要なこと。それどころか、よけいな重荷をしょいこむだけなのに。半分とはいえギリシア人でギリシア正教の信者であるナイジェルは、教会で結婚するということが自分の一生を縛ることになるぐらいわかっているはずだ。教会は決して離婚を認めない。もしこの先、ほんとうに愛する女性にめぐり会ったらどうするつもりなのだろう。リズに縛られているのだから、それこそ悲劇だ。リズはため息をもらした。まともな返事が返ってくるとは思わなかったがリズは尋ねた。

「どういうことなのか説明していただきたいわ。あなたは私をなんとか矯正しようって魂胆のようだけど、それだけのようにも思えないのよ」ナイジェルがちらっとおもしろそうな表情を浮かべた。

「矯正の必要なことは認めるのかい？　うん、望みなきにしもあらずかな。僕の仕事も思ったより大変じゃないかもしれない。自分の欠点に気づけばあとは楽なんだ……」リズが怒った顔を向けると、ナイジェルは口元をゆがめた。何事もなかったように落ち着きはらって腰をおろし、横柄なようすで半ば閉じた瞼《まぶた》の下の目はじっとリズをうかがっている。

リズは目を細めて自分の考えにふける、ナイジェルのゲームってなんだろう？　リズを屈服させること自体がおもしろいのだろうか？　リズがちょっと思い浮かべてみるだけでも、ナイジェルの生活はかなり忙しい。ギリシアでも指折りのたばこ産業の持ち主でもあり、その他の多くの企業、それにグレタ……これだけ忙しい人がなんだって妻のことにむだに時間を使うのかしら……。

突然、ナイジェルに対抗する一番効果的な方法がリズにひらめいた。ナイジェルのすることなすこと知らんふりをきめこむことだ。じっと自分を抑えて夫の脅しなどなんともないとばかりに無視してやるのだ。これはリズにはたやすいことではない。これまで人に指図されたこともなく、いつも命令する側だったリズがナイジェルの鼻をあかしたいばかりに自制することになるのは思えば皮肉だった。

「私の性格をどうしてそれほど変えたいのか、理由はおっしゃりたくないようね。それならそれで結構、ただ不可能なことを始めたとご同情申し上げるわ」

「不可能だと思っているのか？　ま、時が経てばわかるさ、君と僕のどっちが不可能に挑戦しているかってことがね」リズはなんとか一矢《いっし》報いるようなことが言いたかったがなにも思いつかない。そのうち、ナイジェルが話題を、この土曜日に招待している客のことに転じてしまった。「三組夫婦を招んでいるんだ。男どもは皆ギリシア人、奥さんのうち二人はイギリス人だ。友人だが仕事上でも重要なつき合いのある連中なんだ。君は申し分ないホステスがつとめられるんだから、よろしくたのむよ。君はお城のようなイギリスの屋敷を差配していたんだから。パーティーがうまく運ぶように、リズ、やってもらえるね？」

「もし私がその気にならなかったら？」

「当然、後悔することになるよ」

リズは椅子の背に深くもたれた。気も静まり、かえって興味が湧《わ》いていた。

「そのやんわりした脅しですけど……」

「かなりはっきり言っているつもりだがね。君は利口なんだから、そんな目にあわないよう注意するんだな」

「なにをしようっていうの？」

ナイジェルはからかうような表情を見せた。「今のところは警告にとどめておくとしよう」

リズはナイジェルの返事に妙に心のときめくのを覚えた。彼は今まで出会った誰よりも強い男だった。リズの美しさに惹かれて近づいた大方の男たちが、彼女を御す術《すべ》を知らずに退散していった。

自分に恋をした男性を思い出しているうちに、リズの口元に微笑が浮かんでいた。リズはナイジェルの視線を感じて目を上げたが、急に気恥ずかしくなって頬を染めた。中庭のぶどうの葉陰に座ったリズの金髪に、折しも差しこんだ日がまばゆい金の雨を降らせたように見えた。におうように美しいリズだった。

ナイジェルの首筋が脈打つのがリズの目にとまった。開いたシャツの胸元のマホガニー色の肌と胸毛、細い金鎖の先に十字架を下げていた。ちょっと意外な感じだ。椅子の背に無造作に置いた手から腕に、濃い毛が生えている。リズが目を上げると、ナイジェルのおかしそうにゆがめた顔と合ってしまう。底知れぬ思いを秘めた緑色の瞳だった。

「ほんとうに不思議な人ね」沈黙に耐えきれなくてリズが口を切った。「あなたみたいな男性に会ったことがないわ」

ナイジェルは驚いたように頭をかしげた。まさかこんな率直な賛辞を聞こうとは思っていなかったのだろう。

「僕も君のような女性は知らないね」彼の口調にはわずかだが皮肉が感じられた。「初めて会ったときから君は気になる人だったよ」リズはさっと赤くなった。最初の出会いの激しい抱擁とキスが生々しく甦《よみがえ》った。

「なにがあなたの気を惹いたのか、私には思い当たらないわ」やっとの思いでリズが言うと、ナイジェルが白い歯を見せて笑った。

「とぼけることはないだろう。自分でもほかの女とは違うことを承知しているじゃないか」

思わずリズはおかしそうな声をあげた。「つまり、二人とも変人ってわけね」

「いや、そうとは限らない。たまたま似たものがうまく相手を見つけたってことだよ」妙にナイジェルの声がくぐもったのを感じる。リズは驚いて大きく目を見開いた。例の疑問がまたもや頭をもたげた。

「どうして私と結婚したの?」

ナイジェルははっと肩をすくめた。「わかっているのに、どうして何度もきくんだ。便法だって言ったはずだ」

「それならそれらしくふるまってほしいものね」

「君は、おびえている。どうしてだ?」ナイジェルの口調は静かだった。

「おびえているですって? とんでもない。どうしてそんなこと?」ナイジェルはただリズを黙って見つめている。

「空いばりだけだ。リズ、君は今にも僕が口説くんじゃないかってびくびくしている……いや口説くなんてぴったりした言い方じゃないな。僕たちは結婚しているんだから……」

おかしそうに笑うと、ナイジェルはその緑色の目をぴたりとリズに向けた。「君が赤くなるとほんとうに魅力的だ。実に女らしくてふらふらっとなるよ」

「やめて!」いやでも頬が赤くなるのでいっそう腹が立つ。「手を出したらいやというほどお返しを食らうわよ」

「お返しだって?」ナイジェルが眉をひそめる。「どうも挑戦されているようだなリズ。もちろん受けて立つとも」

「あなたは私の力を見くびっているんだわ」

「残念ながらお手並みを拝見するチャンスはあまりなかったからな」

さっきリズをいやというほど揺さぶったことを夫は思い出しているのだろう。それとも、最初の激しいキスのときに、リズがナイジェルの鋼《はがね》のような抱擁にけっきょくは身を預けたことを思っているのかしら……いら立たしい思いでリズは顔をそむけた。いちいち夫の言うことなすことに腹を立てるなんてばかばかしい。夫は脅しているわけではないのかもしれない。ただリズを怒らせておもしろがっているのか、リズにも少し用心するように警告しているだけなのだろう。じっと夫に見つめられ吸い寄せられるようにリズが目を上げると、嘲笑《ちょうしょう》するような相手の視線にぶつかる。ぷいとリズは顔をそむけた。屋敷の境界にハイビスカスの花が咲き乱れ、その先には昔とかわらないギリシアの風景が続く。

プレイトス山のきり立った岩肌は、アンフィサのオリーブの濃い樹海に没し、その先にはコリント湾の群青の海が広がっている。ときにはその先に雪をかぶったペロポネソス山脈がのぞめる。

じっと黙っているのがつらくてリズは体を動かした。この落ち着かない思いはどこからくるのだろう。自分でもはっきりと意識してはいないものの、さりとてその存在を否定しきれない渇望感と焦燥感……。

リズは椅子から立ち上がる。「家に入るわ」彼女の声は淡々として、先ほどの横柄さは消えていた。奇妙に平和な気分だった。嵐が過ぎたあとの静けさとでもいったら当たっているだろうか。ナイジェルはもの憂げな顔を向けてリズを振り返った。

「散歩に行こうと思うんだが……君は来る気はないだろう」返事を聞かないうちに決めている夫にひっかかりを覚えながらもリズはうなずいていた。

「私……あの……」

「なんだいリズ？」ナイジェルの視線が試すように彼女の表情を追う。「なにか言いかけていたね……？」夫に自分の心に芽生えた気持をさとられただろうか。リズは慌ててこの男に対する憎悪、反抗心を駆り立てようとした。だが思いは彼女の意志とは反対に働いていた。

「一緒に行きたいわ」

まるでなにを考えているか知られまいとするようにナイジェルが一瞬うつ向いた。勝ったと思っているのがリズにはわかる。だが不思議とそれも気にならない。しなやかな身のこなしでナイジェルは立ち上がると伸びをした。なんて背が高いのだろう。リズは夫の肩までしか届かない。ほっそりとした筋肉質の肢体は強靱《きょうじん》でむだな肉ひとつついていない。

庭園を出ると二人は屋敷の外の原に出た。大きな緑色のとかげが二人に驚いて、急いで岩陰に身を隠した。あたりは降るような蝉《せみ》の声、太陽はまだ高いが、見上げた空には白く三日月がかかっている。

「どこへ行きたい？」リズがついて来られないのを見てとると、ナイジェルが歩調をゆるめた。「村に行こうか、それとも聖域《サンクチユアリ》まで足をのばそうか？　ホテルまでなにか飲みに行くんでもいいよ」

「聖域に行きたいわ」

壮大なアポロの神殿の遺跡のある境内は、かつて古代の神々の住処《すみか》だった。原始を思わせる聖域にはいにしえの亡霊が行き交い過去がこだまし合っているように思える。

この廃墟《はいきよ》は、昔、地球の臍《へそ》と思われていた。神々の王ゼウスがあるとき、太陽の昇る地点と沈む地点からそれぞれ鷲《わし》を放ったところ二羽の出会ったのがこのデルフィの地だった。そこでゼウスは地球の中心を示すオムパロスの石を置いた。その石には聖窟《せいくつ》がありそこからすべての生命が始まった……と古代人は考えていた。聖窟はピュトンという大蛇が守っていたが、ゼウスの愛児アポロがこれを退治し、のちにアポロはそこに神託所を開いた。壮麗なアポロの神殿は一千年もの長い間神聖な場所だったのだ。パルナッソス山の裾《すそ》の急斜面にしがみついた格好で、この聖域は広がっていた。北面にそびえる独得の赤黒い大絶壁を背景にこの聖域は光と知恵を司《つかさど》るアポロ神の託宣の場として全ギリシアでも光輝満ちる地だったのだ。

二人は参道をたどって神域に入った。かつて参道の両側には諸都市国家からの寄贈品を納める宝物殿が並んでいた。その中でもひときわ素晴らしいものは、黄金でできた棕櫚《しゆろ》の木で、てっぺんに黄金のアテネの像が飾られていたということだ。

ナイジェルは道すがら聖域や神殿にまつわる故事をあれこれ話してくれた。リズはいつしか引きこまれるように夫の豊かな声に聞きほれていた。

壮大な神殿も、今に残るものはわずかだった。だがその遺構を見るだけでも昔日の栄華に思いをはせるには充分だった。

「これしか残っていないなんて残念ね」二人は神殿の中に立っていた。観光客の一団がガイドの説明に熱心に耳を傾けている。「これは最初からあったものなの?」

「いや、違う。最初の神殿は木で造られていたんで火事で焼け落ちてしまった。二つ目は地震でやられた。ここは地震の多い土地でね」おかしそうにナイジェルがつけ加えた。

「ここは荒々しい土地なんだ。だがある意味では……君に似合いの地と言えないか?」

リズは濃いまつげの間から夫をにらんだ。ナイジェルの笑い声につい引きこまれてリズは答えた。「あなたの嫌味は無視することにするわ。何事も度が過ぎると効果がなくなってわからないの?」

またもやナイジェルが大笑いする。たぶん、神殿に記してある〝過ぎたるは及ばざるがごとし〟という句を思い出したのだろう。「君には刺《とげ》もあるんだね。ま、いいさ、今に抜いてしまうから」

「そうかしら? あなたって尊大で独善的な人ね!」リズはやり返した。以前とはうって変わって、親しみのこもったひやかしなのが自分でも不思議だった。

「リズ、信じないかもしれないが僕のことを尊大だって言ったのは君が初めてだよ」神殿の入口へとって返しながらナイジェルが言った。

「ほかの人はそう思う理由がないのでしょう」ナイジェルは黙ったままだ。リズは自分でも意識しないうちに続けていた。「ほかの人はそれを言うだけの勇気がないのよ」ナイジェルは怒ったようすもなくリズを振り返った。

「ほかの人って、君の言いたいのはある人物、それも女性のことなんだろう?」

「そうグレタのことよ」リズは顔をしかめた。まるでサンドペーパーで撫《な》でられたように気持がささくれだった。

「どうも彼女が好きじゃないようだね」相変わらずナイジェルは屈託のない調子で話しているが、リズには夫が彼女の反応を知りたくてうずうずしているのがわかるのだった。

「結婚もしないで男に身を捧《ささ》げるような女には軽蔑《けいべつ》しか感じないわ……だいたい、男と寝るなんてどういう気かしら」神殿の前の坂にさしかかると、ナイジェルが自然にリズの腕をとった。

「教えてくれないか……」坂の下で彼は手をはなした。「今までそういうことはなかったのかい?」

「もちろんあるもんですか!」

リズの憮然《ぶぜん》とした顔を見てナイジェルは笑った。「思い違いをしないでくれ。僕が言うのは、これまで君をその気にさせた男はいないのかってことだ」

「それも、ノーよ」

「ということは、君は男に言い寄られて心を動かされずにいられるかどうか確証はないってことだ……。誘惑がなければ身を守るのはたやすいからね」

この一言は、リズの心に奇妙な波紋をなげた。顔を上げるとナイジェルは口元にうっすらと笑いを浮かべて、まるで過去の一こまを思い出し反芻《はんすう》しているような遠くを見る顔をしている。「どんなに強い人間でも誘惑に負けることがあるんだよ、それを覚えておくんだね。ほかの人間の弱さ――男にも女にも君は寛大になることを習わなくちゃいけない」

二人はかつては座席だった円形劇場の階段をのぼって行った。二人は黙々と一番上までのぼった。突然、言いしれぬ静謐《せいひつ》がリズの心に広がった。これまで味わったことのないものだ。古代の神々の住処は平和そのものだった。神殿や参道には観光客がいてうるさくシヤッターを切ったりしていたが、リズはただ一人でいるような孤独感にひたっていた。これからも夫と何度となくこの聖域に来よう……。

聖域を出ると、太陽はすでに西の空に沈もうとしていた。名残の炎がいっとき荒々しい山肌を朱に染め、山の頂は、しだいに紫色のたそがれに包まれていく。「お出かけになるの？」

庭から酔っぱらいそうな甘いレモンの花の香りが流れてくる。屋敷にはかなりの広さの果樹園があって、オレンジやマンダリンみかんや桃の木があった。

「今晩のこと?」ナイジェルがリズをのぞきこむ。「いや、今夜は家にいる」

我にもなくうれしい。どうしてかしら……リズは考えまいとした。今はこの疑問に答えを出すのはよそう。

5

リズが着替えを済ませたとたんにノックが聞こえた。マリアかしら？ なんの用だろう。鏡台の鏡をのぞきこんだまま、「どうぞ」と声をかけた。ドアが開いて、非の打ちどころのないナイジェルの姿が鏡にうつった。濃い灰色のスーツを着た彼は、いかにも世慣れた大人といったもの腰で、リズを見つめた表情には倦怠《けんたい》感が漂っている。日に焼けた手の一方はポケットに、もう一方はドアの抱き込み柱に軽くかけていた。

「なんのご用かしら？」リズは椅子を回して夫に向き直った。ナイジェルは顔を心もちしかめて、批評がましいまなざしでリズを点検するように眺めた。艶《つや》やかな金髪から華奢《きゃしゃ》な爪先まで何一つ見落とすまいと詮索《せんさく》するような夫の視線に、怒りが湧《わ》いてきた。

「結構だ」例の語尾をのばした口調だった。

「どういうことかしら」

「うまくやってくれるね」リズの頬に朱が散った。

「なんだってそんな念を押すの？」

「君のことだから、僕の面目をつぶすぐらいのことはやりかねないと思ったんだ」

その一言で、リズは妙にうきうきした気持になる。「みっともない格好で現れはしないかとびくびくしてらしたの？　マリアみたいにだらしないかと？」

「どうやっても君はマリアのようにはならないよ。だがリズ、年をとっても彼女のように太らないでくれよ」

「肥満の最大の敵は退屈なのよ。ご存知なかった？」手に持った香水びんのノズルを耳たぶの後ろでひと吹きしてリズは夫を見上げた。

「もう退屈しているのか？」ナイジェルの灰緑色の瞳がきらりと光った。

「どうしていいかわからないほどね。私、実家《さと》に帰ってきたいわ」

「もう？」

「実家帰りの回数なんて決めていないわよ。何度帰ろうが、いつ帰ろうが私の勝手でしょ」

重い瞼《まぶた》がかぶさって、夫の表情は読みとれない。

「君は結婚しているんだ」

「それがどうしたの？」

「別居はしないと言ったはずだ」

「私が帰って来ないいんじゃないかと、心配なのね？」

ナイジェルが大股《おおまた》に部屋を横切ってリズのそばに立った。まばたきもせずにリズは夫の目を見つめた。

ふとナイジェルの口元がほころんだ。「いや、そんなことは思ってもいない」自信に溢《あふ》れた夫の口調に、リズは二人して聖域《サンクチユアリ》を訪れた昼さがりのことを思い出した。あの晩、夫がどこにも出かけないと知ったとき、心のときめいたのを否定できない。

和《なご》やかな夕暮れだった。そのこと自体が思いもかけない発見だった。夕食までのひとときき、二人は中庭の薄明かりに腰をおろして、たゆたうように沈黙に身をまかせていた、食卓では夫がなにくれと気を使ってくれて、久し振りに楽しい食事だった。食後二人は澄んだ空気を味わうように中庭を歩いた。銀の光がパルナッソスにふり注ぎ、反対に山陰が不気味な深淵のように見えた。その夜の光景が妙におどろおどろしく思えたのは、午後に拝観したアポロの神殿の跡の印象が強かったからだろうか。いや、リズは初めて知る自分の中の疼《うず》くような思いに、戸惑っていたのだ。

リズは夢からさめたように夫を見つめた。今のリズの心の中を夫にうち明けたら、なんと言うだろう? 仮定してみるのもばかげたこと。こんな気持をナイジェルに知られたら大変だ。

「ここの生活は、はっきり言えば退屈よ」夫の質問に、リズは思い出したように答えた。

「ごあいさつだな」ナイジェルがむっとした声を出した。「君はまったく我慢がないんだね。そんなに退屈なら、仕事をつくってあげよう」

リズは短い銀ラメのドレスからのびた脚を引き寄せて立ち上がった。チャイナ襟に細かな真珠のボタンのこの服を着たリズは、えも言えず美しかった。

「これまで働いた経験もないし、今さらそんな気もないわ」

ナイジェルが怖い顔でなにか言いかけたが、思い直して今夜のパーティーのことを念押しした。

「いいね。僕の言ったことを忘れないでくれよ」

「さあね。どうしようかしら……」

「後悔するよ」

「そう指図がましいことを言うのはやめてほしいわ。何か理由《わけ》があるなら、知りたいものだわ！」

「気がついたのか？　知りたければ考えてみるんだ。そのうち答えが見つかるかもしれない」ナイジェルは時計を見ると、階下で待っていると言い残して部屋を出て行った。取り残されたリズは数分間ぽかんとしていた。

今に答えが見つかる？　夫はなにを言いたいのだろう。鏡にうつった顔にしわの寄っているのを見て、リズは慌てて眉根をゆるめた。見当のつかぬことを考えてもむだだわ……肩をすくめると、リズは鏡の前を離れた。

ディナーはとどこおりなく進んだ。思いがけずこのパーティーを楽しんでいる自分が、リズには意外だった。アネットとクレアはリズと同じ年格好で、リズと知り合ったのを素直に喜んでいた。クレアはあけすけに、ナイジェルがイギリス人を妻に選ぶとは想像もしなかったと言った。

「だいいち、彼が結婚するなんて……。一人の女に一生縛られるのはまっぴらだ。独身は実に気楽だって言っていたナイジェルが……」言いすぎたと思ったのか、アネットが言葉を濁した。気にしていないふりを見せようとリズは笑ったが、二人はグレタのことを考えたのだと思うと心穏やかではなかった。傷ついたのはリズの誇りだろうか……。振り返ると、バーに腕をかけてナイジェルは、パノス、ペトラキス、デンドラスの三人となにやら討議の最中だ。デンドラスの妻ニコレッタも話に加わった。彼女自身、夫よりも裕福な船主で、何隻もの貨物船を所有していた。リズの視線を感じたようにナイジェルが顔を上げて視線をからませてきた。ひたと夫に見据えられると、リズはどぎまぎしてしまう。隣のクレアたちの方を向いて、それとなく夫の視線から逃れようと思うのだが、まるで呪文にかかったようにリズは立ちつくしていた。わずか数秒のことだった。だが言いようのない心のときめきは、一晩中リズの体に共鳴しているようだった。

「ご婦人方もなにか飲みませんか。商売の話は後回しだ」三人はいっせいに立って、夫たちと合流した。「こんな美人と結婚したお祝いを改めて言わせてもらうよ」グラスをリズに渡そうとしたナイジェルに、パノスが声をかけた。「どこで見つけたんだ?」

肩をすくめてナイジェルはリズを見つめた。「たまたま出会ったんだ」

屈託のない夫の口調に皮肉が隠されているのをリズは感じとる。まるで、美人だろう……だが一皮むけば大変なじゃじゃ馬で、とでも言っているようだ。

「君が赤くなると、実にきれいだ」そばに誰もいないのを見すまして、ナイジェルがリズにささやいた。おかしそうに口の端がゆがんでいる。「罪悪感で顔を赤くしたにしても実にきれいだ」

「どうして私が罪悪感など持つの?」リズは怒りで胸が痛いほどだ。いっそう頬が紅潮する。

ナイジェルがいら立ったように吐息をもらした。

「気の荒い小悪魔め! 君を生け捕りにしたものの、ときには少々、手遅れじゃないかと思うよ」

リズは仰天して、思わず声を荒らげた。「生け捕ったですって? 今に、私を捕えたりして、とんだことをしたと後悔するわよ!」

「それは脅しか?」ナイジェルは細めた目でリズを見つめた。「君みたいに思慮のない女に会ったのは初めてだ」

「そうじゃないでしょう。あなたが言いたいのは自分の言うことをきかない女ってことでしょう?」リズも負けじと辛辣《しんらつ》にやり返した。

「言うことをきかないどころか……君ほど我《が》の強い女もいないね」

リズは敵意をむき出しにしてナイジェルに食ってかかろうとした。だが反撃は声にならなかった。人の気配に、リズは出かかった言葉をのみこんだ。

「あとにしよう」いなすように笑ってナイジェルは横を向いてしまった。

最後の車のテールランプが屋敷のドライブウェイに消えると、ナイジェルを振り返った。さっきの嘲《あざけ》るような調子とはうって変わった夫のやさしさに、リズは戸惑った。

「素晴らしいホステスで、鼻が高いよ」

ふいをつかれた思いで、リズは声がつまった。「あなたって人がわからないわ。どうして私と結婚なんかしたの?」じっと夫の返事を待った。ナイジェルは同じ質問を聞きあきたとばかりに瞼を軽く閉じた。だがリズには、これが彼一流の逃げだということがわかっていた。しぶしぶ口を開いた夫の、例の語尾をのばした話し方も一種の隠れみのなのだ。

「結婚するのが一番手っ取り早い方法だったんだ」

「簡単だったかもしれないけれど、一番望ましい解決策だったかしら?」

「結婚がいやなら、もちろんしなかったさ。またなにを勘ぐっているのだ?」はぐらかすように笑ってナイジェルは言った。「いつかわかるよ」

ナイジェルの結婚の目的がお金でないことは、はっきりしていた。遺言の異議申し立てをすれば済むことだったのだ。リズに対する愛欲でないこともたしかだ。結婚式以来、一度としてリズに言い寄ろうとしない。素振りも見せないのだ。これから先も、それが変わるようにも見えない。だとすると理由が見つからない。こうして暗中模索しなくてはならないって、なんていらいらするんだろう……。

二人はどちらから誘うでもなく中庭に歩を運んだ。

「私が断固として結婚しないって言ったら、あなたどうなさったかしら?」穏やかなリズの声に、ナイジェルは意外そうに彼女をのぞきこんだ。

「どうして拒絶しなかったんだ?」リズの問いにはっきり答えたくないのだろう。

「私は遺言が法的に不備だって知らなかったのよ」

「そうだったね……」ナイジェルはあくびをすると、この話を続ける気のないことをあからさまに顔にだした。「もう寝る時間だ。疲れたよ。リズ、君もだろう?」

リズは素直にうなずいた。夫を問いつめる気が急にうせたのだ。

「ええ、疲れたわ」リズが先に家に入るのを、ナイジェルが待っている。それがわかっていながら、夜の魔法にかかったようにリズはその場に立ちつくしていた。甘い香りが微風に運ばれてリズの鼻をくすぐる。棕櫚《しゅろ》の葉が風に揺れ、朝にはまだだいぶん間のある東の紫色の空にパルナッソスの峰と断崖《だんがい》が影絵のようにはりついて見えた。

美しいものには敏感なリズだった。だが感情に溺れることなどあるまいと思っていた。しかし今夜のデルフィの壮麗な姿に感動しないものがいるだろうか。バイロンの詩の一節が、リズの口をついてでた。〝誰かこの光輝満ちる聖域に立ちて、心動かされぬものがあろうか……〟

バイロンがうたうまでもなく、この光輝に満ちた世界は、異教としてキリスト教に弾圧されながらも命運を保った。アポロは永遠の眠りについたように見えるが、この地を訪れる人々の心に、そのかみの栄光を甦《よみがえ》らせ、畏怖の念をひきおこすのだ。リズは聖域と周囲の織りなす神秘的なものの力に陶然となって、そばに夫のいることも忘れていた。〝あたりには精霊が満ち、やさしく風をそよがせ、洞窟にひそみ、かなたの小川にその青き足を濡《ぬ》らす……〟詩がリズの中で甦る。

「なにを考えているんだい？」夫の声に我に返ったリズの瞳は潤み、柔らかな唇が心なしか震えていた。

「この土地に魅入られていたの。あなたはこの土地に生まれてよかったと思わない？」

「あまり意識したことはないな。うーん、誇りには思っているのかな……」

貴族的な顔立ち、とがった顎《あご》、鋭い眼光、広い額《ひたい》、リズは夫の顔をくいいるように見つめた。

突然リズの体を、しびれるような戦慄《せんりつ》が走ったのは、この夜の甘美な空気のせいだろうか。彼女の頬は紅色に染まり、瞳が濡れたような光をたたえていた。

　ナイジェルが息をのむのがわかった。次の瞬間、リズは夫の腕に抱きとられていた。必死に身を振りほどこうとするリズの唇に、夫の唇が執拗《しつよう》に覆いかぶさってきた。とても力でかなう相手ではない。だが屈服させようというのではない、夫の温かでやさしいキスに、リズは戸惑った。

「はなして！」ナイジェルが腕をゆるめたとたん、リズは夫にくってかかった。「妙なことしないでよ！」

「そんなにいやな気持じゃなかっただろう、リズ」

　夫をにらみつけたまま体を引き離そうとしてみたが、ナイジェルの手が腕にくいこむので、おとなしくしているより仕方がない。

「誰にキスされようと、いやなものはいやよ。私は独身でいるつもりだったのよ」

「不自然だね」やっとリズから手をはなした。

「どう思おうとご勝手に！」肩をそびやかして夫の横をすり抜け、サロンのガラス戸の前に立って夫をにらみつけた。「私に手を出さないでって言ったでしょう。本気よ。さもなければ、あなたをぎゅっと言わせることだってできるのよ」

　リズの挑戦を嘲るようにナイジェルが笑ったので、彼女は歯ぎしりが出るほどくやしかった。

「何度も警告したが、あまり図にのるんじゃない。あざが残るような痛い目にあうぞ」

怒りで目を鋭くし、骨が浮きでるほど固く掌《てのひら》を握ってリズは立っていた。身が震えるほどくやしかったのは夫のキスや冷たい言葉ではなかった。恍惚《こうこつ》とした一刻《いっとき》を邪魔されたのが、腹立たしかったのだ。

「あまりしょっちゅう聞かされたんで、あなたの脅しも怖くなくなったわ」とってつけたような笑いを浮かべてリズは夫に言った。

夫がおもしろいことを聞いたように笑い声をあげた。リズの瞼がぴくっと痙攣《けいれん》した。

「ということは、これまでそう思ったことがあるんだね?」ナイジェルが首をかしげてリズをのぞきこんだ。

「とんでもない。誰があなたの脅しになんか、のるものですか」リズは一呼吸つくと、なにげない調子に敵意をこめて言った。「実のところ、ここの生活にあきあきしているのよ」

一瞬あたりが静止したような緊迫感がみなぎった。オリーブの木から聞こえてくるのは、蝉《せみ》が羽を擦り合わせている音だろうか。遠くの山裾《やますそ》に放牧された羊の鈴が風に混じって聞こえてくる。

「あきあきした……君もイギリス上流階級の連中の言いそうなせりふを口にするんだな。なんにだってすぐあきてしまうんだろう!」

「なにもかもだなんて言わないわよ」

「パーティーの前に、ここの生活は退屈だと言ったじゃないか」

「違うわ。この土地がいやになることは決してないと思うわ」

リズの口調に、ナイジェルは不思議なものを見るように顔を上げた。日ごろ夫に話しかける口調と違って、デルフィの名を口にするとき、リズはまるで愛撫《あいぶ》するようにやさしくなるのだ。

「それで君は気を変えて、イギリスへの実家《さと》帰りはやめにしたんだな」質問というより断定に近かった。まるでリズが屈服したと言わんばかりのその調子に、彼女はかっとなった。

「とんでもない。もちろん行くわ」

「いつ出かけるつもりだ?」ベランダの柱によりかかって、遠い暗闇を見ながら夫が尋ねた。

「来週早々にでも帰りたいわ」挑むようにリズは答えた。ナイジェルの視線がリズの全身をなぞるように動いた。

「それで、どれくらい留守にするんだい?」

ナイジェルの落ち着きはらったようすは、リズのことなど大した関心はないと無言で表明しているようだ。それならそれで、彼女にとっては好都合だ。だのに、なぜ疼くような痛みが心に残るのだろう。

「なんとも言えないわ。友達からの招待とか……」

「それにしてもおおよその心づもりがあるだろう?」

「今も言ったように、わからないのよ」

雲が月を隠すと、急にあたりが闇に沈んだように見える。ベランダは一本置きに柱につるしたランタンの灯で、琥珀《こはく》色の柔らかな光に照らされていた。

黙ったまま、夫はリズを見つめている。ナイジェルの険しい目の色を見れば、彼に譲る気のないことは、はっきりしていた。

「二週間だけ行ってきなさい。それ以上は絶対だめだ」予想に反してナイジェルの声は穏やかだった。

「好きなだけ行ってくるわ」

ナイジェルは大きくため息をついた。「続きは明日にしないか。疲れたよ」

強い風に吹き流された雲のあとに、月が顔を出した。月光を浴びて、あたりは再び冷たく輝きはじめた。リズは夫の横柄な口調でいら立った気持が、急速に静まるのを感じていた。だからといって、夫に譲歩したようにとられるのは心外だ。

「そう、明日話し合いましょう……」

だがその話し合いは実現しなかった。朝食で顔を合わせたナイジェルは、急用ができてアテネに出かけることになった。一週間から十日、留守にするというのだ。

「十日もお留守なら、私はイギリスに帰っていて、すれ違いになるわね」二週間しか滞在してはいけないと繰り返し念を押されるものと思ったリズは、夫がただうなずいただけなので拍子抜けした気持だった。ナイジェルは朝食が終わると、そそくさと出発してしまった。

リズは本を持って庭に出ると芝生に寝ころび、軽く目を閉じた。死にそうに退屈だった。こんな思いをするのも曽祖父の遺言のせいだ。いら立つ気持を抑えかねているところに、ニコスが従弟《いとこ》の訪問を告げに来た。

「見事な小麦色になりましたね」リズの愛想の良い笑顔に迎えられて、スピロはうれしさを隠しきれないように笑って、リズのそばに椅子を引き寄せた。

椅子の背に深く体をもたせ、籐《とう》のテーブルの脚の横棒に足をかけて座っているスピロに、リズはふと眉をひそめた。だが暇をもてあましている彼女は、少々行儀が悪くても、相手がいるだけで救われる思いだった。

「ナイジェルはどこですか。今日は母に言いつかった用事で来たんです。近々、身内の洗礼式があるんで代父《ゴッド・ファーザー》を頼みたいんですがね」

「ナイジェルは今朝出かけたわ。アテネに急に仕事ですって」

「へえ？　明日は帰るんでしょう？」

「一週間は留守にするようよ」

腑《ふ》に落ちない顔でスピロが尋ねた。「どうして一緒に行かなかったんですか。前からアテネに行きたいって言ってたじゃないですか」

「だって彼は自分の仕事で手がはなせないでしょう？　私一人で見物するなんてまっぴらよ」もっとましなことが言えないかと、リズは腹立たしかった。

「それでもここに一人で残っているより、アテネに行ったほうが退屈しのぎにはなったんじゃないかな。一日庭に出ているつもりなんですか？」リズが返事もしないでいるとスピロは続けた。「それにしてもおかしいな」

「なにが？」

「奥さんを連れずにナイジェルが出かけたことですよ。新婚早々だっていうのに……」どうしても理解に苦しむといったように首を振った。いったいなにを想像していたのだろう。しばらくして、もちまえの気転の利かなさをまる出しにして、スピロが、ぽつりと口にした。「グレタもアテネに行ってるんだ……」

「あらそうなの？」リズは鋭利なものでえぐられたような痛みを感じて、内心狼狽《ろうばい》した。いったいどうしたというのかしら。ほんとうは喜んでいいはずじゃないの。セックスの相手として夫がグレタを選んだのなら、私に言い寄ったりもしないだろうから。私のことは無視してもらいたい、まかり間違っても夫の性欲の対象になぞなりたくなかったのだから。

「グレタはいつ出かけたの？」

「二、三日前だったかな」スピロは自分の失態に気づいて、まっ赤になっていた。「リズ、僕は大ばかものだよ！　二人の間にはなにもないよ。ナイジェルがアテネに行ったのとは関係ない。ほんとうだ」自分も半信半疑でいるのを、無理に打ち消そうとするようにスピロは言いつのった。「ナイジェルは君を裏切ったりしないよ。それは信じてくれなきゃ……仕事で出かけたんなら、そのとおりなんだよ」

「あなた、まるで信じてない口振りね」

「一緒に行こうって、誘われなかったんですか？」困惑を隠すようにスピロが尋ねた。

リズはぼんやりと頭を振った。ナイジェルとグレタがアテネにいる……それでいながらリズとスピロがアテネ観光に出かけるのを禁じたのだ。急激に燃え上がった怒りは、火炎をあげてリズを焼き尽くすかのように思えた。

「彼もいないことだし、私たちがアテネに出かけちゃいけない理由はなにもないわね」

スピロはぎょっとした顔でリズを見返した。「ナイジェルが怖くないのかい？」

「私には怖い人なんかないわ」リズの瞳が冷ややかに光った。

「いったいどうなっているんだ。君たち二人、どうして結婚したんだい？　なにか秘密がありそうだ」

「それは私たち二人の問題で、話すわけにはいかないわ。さあ、私をアテネに案内してくださるの、どうなの？」これは夫に対する挑戦だった。スピロと一緒のところを見られたって……かまうものか。それどころか、是非どこかで見られたい。夫自身、ほかの女と一緒にいるというのに、リズがスピロといてどんな文句が言えるだろう。

「もちろん君を連れて行ってあげたいさ。だが、そんなことをしたらナイジェルに殺されかねないよ」

「なにをメロドラマみたいなこと言っているの」半ば嘲るような笑いを見せて、リズはスピロをけしかけた。「で、いつ出発しましょうか？」

「君の都合のよいときに、だけど……」

「私たち、従姉弟《いとこ》になるんでしょう？　あなただってナイジェルにそう言ったじゃないの。なにかやましいことがあって？」

「そのとおりだが、彼にノーと言われただろう……」

リズは黙って相手がイエスと言うのを待った。彼女は相手に、あでやかに笑いかけた。自分の魅力は承知していた。スピロにはリズの意に逆らうだけの強さはないことを、彼女は知っていた。

リズの思惑どおりになった。スピロを意のままに動かすことなど、実にたやすいことだ。後ろめたい思いを隠すように、スピロはぶつぶつ言ったが、けっきょく次の日の朝早く迎えに来ることになった。

「ナイジェルと出くわさないように祈るばかりだ。ひどく叱られるだろうな……そのときにはリズ、君が全責任をとってくれるね？」

リズは笑った。もちろんだわ。スピロが怖気《おじけ》づいているのがおかしかった。誰がナイジエルなど怖いものか……。

次の朝九時に、スピロが現れた。前の日に旅行の相談をリズがもちかけたときの心配そうな顔は嘘《うそ》のように、これからの数日への期待でうきうきしているのがおかしいほどだ。アテネ市内に入ったのはちょうど昼時で、駐車場をさがすのに手間どった末、二人はオモニア通りのレストランに入った。ロンドンの目抜き通りとは比べものにならないほど、たくさん人間が行きかっていた。巡査の合図、交差点の標識がくるくる変わり、車、スクーター、バスがいっせいに飛び出してくると、次にはさっと潮を引いたような一瞬がある。今度は歩行者の番だ。スクラムを組んで、まるで敵に正面攻撃をかけるように突進してくる。リズはあきずその繰り返しを眺めた。

「あんなにたくさんの人を一度に見たのは初めてよ」ホテルのラウンジで夕食前のカクテルを飲みながら、リズは昼食の喧騒《けんそう》を思い出して言った。「あれじゃ身動きもとれないでしょうに」

「ここは市内でも一番賑《にぎ》やかな場所だからね、今日は特別なことでもあったんじゃないかな」

リズとスピロは人ごみの小路を抜けて、広場《プラーカ》へと歩いた。通りに並ぶレストランや飲み屋から、食欲をそそる香ばしい焼肉のにおいが流れてくる。ケバブを炭火で焼いているのだ。あたりのディスコからは、人々のざわめきに混じって、ブズーキの哀調を帯びたリズムが聞こえてくる。開け放したドアの向こうで、民族舞踊の男性ダンサーが高く飛び上がった。シルタキか、もっと悲しい主題を扱ったツァミコでも踊っているのだろう。

歩道のテーブルでカードに興じる男たち、観光客とみると花束をおしつける娘、客を引くクラブのドアボーイ、アテネは光と騒音に満ちた都市だ。しかしひとたび視線を上げると、そこには現代の猥雑《わいざつ》な生活とは見事な対比をみせる、古代の東方世界の栄華を彷彿《ほうふつ》とさせる静の世界があった。柔らかな照明が一つ、また一つとアクロポリスの神殿を薄闇の中に浮かび上がらせる。だがうるさい物売りが、ここにも観光客を追いかけてくる。

「昔はさぞ素晴らしかったでしょうね」しつこくリズの服に花を留めつけようとする売子から逃げるように、二人は参道をいそぎ足で歩いた。観光客の何人かは、無理やりおしつけられた土産物《みやげ》で、まるでカーニバル帰りのような奇妙な格好をしている。

「今でもアクロポリスは素晴らしいよ。昼間はうるさいから、明日の朝、もう一度来てみないか。これが同じ場所かと思うよ」

もう一度見上げると、神殿は薄紫、青、黄色と変わる照明に輝いていた。じっと身じろぎしない柱の女神は、下界の騒がしさに、心なしか眉をひそめているように見える。

「食事にしよう。このあたりがいいかな?」

「ええ、そうしてちょうだい」

スピロは格好のレストランを知っていた。ごくあたりまえのドアを開けて中に入ると、見事なシアター・レストランだった。ぶどうの蔓《つる》のからまった格子天井に、色とりどりの電球が下がり、なかなか豪華な内装だ。一段高くなった舞台に民族衣装の踊り手が並び、ブズーキの激しい音にあわせて、カラマティアノスを踊っている。食事は脂っこく、量も多い。リズはまわりの客がこのしつこい料理を次々とたいらげる健啖《けんたん》ぶりに気をのまれていた。

「楽しかったかな?」ホテルのエレベーターで、スピロが尋ねた。

「とても楽しかったわ、ほんとにありがとう」リズは必要以上に熱っぽく答えた。だが一人自分の部屋に戻ると、むなしい思いに襲われるのだった。いったいどうしてなのだろう。

スピロは一緒にいて、決していやな相手ではなかった。陽気でユーモアもわかるし、人並み以上にハンサムだった。だがリズには今一つもの足りなかった。男性としての強さ、生活力とでもいうものがスピロには感じられないのだ。

ガラス戸を開け、リズはバルコニーに出た。相変わらず車の流れはひきもきらず、ヘッドライトが光の洪水のように夜の街を満たしていた。

リズは我知らず、夫ナイジェルのことを思い浮かべていた。その夫は今、愛人と一緒にアテネのどこかにいるのだ。

ギリシアの娘は、慣習や未婚女性に対する厳しい道徳に縛られているのが普通だったが、グレタはそうしたものにたてついてまで、ナイジェルと関係をもったのだ。それほどナイジェルに惹《ひ》かれたということなのだ。

　ホテルのバルコニーから遠く見える人の群れ、車のクラクションやライトの光、こうしたものはなにもリズには届いていない。思いは依然として、夫とグレタの上をさまよっていた。

　ナイジェルが本気で口説いたら、陥落しない女性なんていないだろう。あの人には抵抗できないところがあるもの。ナイジェルがグレタを口説いて、彼女は彼の魅力に抗《あらが》えなかったんだわ。いつかナイジェルが言っていた。誘惑がなければつまずきもないって。最も強い者も誘惑に負けることがある、とも言っていた。あの夫の言葉は、妙に印象深くて、リズの記憶に焼きついていた。だが夫がほんとうに言いたかったのはなんなのか、これまでじっくり考えたこともなかった。

　我々のうちで強い者でも……我々……たしか彼はそう言った。そして何事か過去の一情景を思い浮かべるような表情を見せたっけ……あのときの一語、一語がリズにははっきり思い出せた。

　彼が誘惑したのではなくて、されたのだ。あまりにしつこく誘惑されて、屈服したのはナイジェルのほうだと言っているようだった。つまりグレタとの情事は本意ではないけれど、彼女の魅力に負けた……というつもりだったのかしら……?

そうなのかしら？　そうにちがいない。考えれば考えるほど、それがもっともらしく思えてきた。奇妙な衝撃がリズの身を突き抜けた。心のときめき、理由もないのに、おかしなほど気持が晴れ晴れとして……この気持の変化はなんだろう。リズは自分でもしかとわからぬ新たな感情の波に戸惑いを覚えた。

こうした気持の変化は、いつから始まっていたのだろう。ふと幼い日のことが思い出される。ちょうど誕生日をまだかまだかと期待をこめて、緊張して待ち受ける気分と似ている。いや似ているようで、比べることなどとてもできはしない。説明することすらむずかしかった。この新しい感情の波に、正直なところ、リズはうろたえていた。生まれて初めての感情だった。心のいら立ちを抑えこむようにリズはガラス戸を閉め、シャッターをおろした。騒音が遠のき、一日の終わりがやっと彼女に訪れる。冷房のきいた大きな寝室でリズはただ一人だった。空調のおかげで室内はからっと気持が良く、蒸しあつい市内で過ごした一日のあとでは、救われるような心地がした。新たな感情の波に当惑はしていたが、リズは夢もみず、ぐっすりと眠った。

アテネには合わせて四日間滞在することにした。三日間の市内見物にすっかりくたびれた二人は、最後の日をもっと呑気《のんき》に、英気を養うために当てようということになった。二人は朝食を済ませるとすぐ、車でスニオン岬に出かけた。昼食は観光客相手の食堂でとった。人気《ひとけ》のない美しい浜を見つけると、その午後は泳いだり、浜に寝転んで、思うぞんぶん日に焼いたりして過ごした。

翌朝の出発は早かった。アテネ市内で、ばったりナイジェルに出会うようなことがあっても、怖くもなんともないとスピロに豪語したものの、実際そんな破目にならなくてよかったと、内心リズは胸をなでおろしていた。ありがたいことについていたと感謝したい思いで、リズは帰途についた。

6

旅は楽しかった。だが心から楽しんでいるとはいえなかった。むなしさと居心地の悪さが、澱《おり》のように心の隅に沈んでいた。なぜ真実から逃げようとするのだろう。誰を偽っているのでもない。自分をだましているのだ。スピロとではなく、夫と一緒だったらよかったと認めればいいじゃないか。そう考えて、リズの口元が苦笑にゆがんだ。もしナイジェルと二人で旅をしたら、家を出てから戻るまで、口論ばかりしていたことだろう。振り返ってみても、自分が夫に親密な感情を抱くことがあろうとは想像してみたこともなかった。ナイジェルは尊大な男の見本みたいなところがある。普通男たちは、自分の弱さを隠すために、横柄にふるまうことが多いのだ。リズが結婚を真剣に考えなかったのは、こうした男性の弱さがいやだったからだ。

だがナイジェルは違った。夫はこれまでリズが会った男性の中でも、真に強いものを持っていた。今は自分の気持を素直に認め、ナイジェルに対する親密なふれ合いを無理に摘みとるようなことは避けなくてはいけない。それにはお互いが憎しみを捨てなければならない。どちらかといえば、リズが一方的に憎しみの情を自分であおっているだけなのかもしれない。それにしてもナイジェルの我慢のならないところは、小ばかにしたような皮肉っぽい態度だった。ああいう態度に出られれば、リズが意固地になることを彼は百も承知なのだ。

「おとなしいね。どうしたの？」スピロの声にふと我に返ったリズは座り直した。アテネははるか遠く彼らは今、テーベ平野を通り、ディオニソスに入ろうとしていた。かつて神話の時代、ディオニソスの地では若くハンサムな神がヘリコンの山のニンフたちと破廉恥に遊び呆《ほう》けたと言われている。

「景色に見とれていたの」スピロと話をするのはうっとうしかった。気を悪くするかと思ったものの、リズはおし黙ってしまった。ほうっておいてほしかった。

キテロン山の斜面は樹木もなく荒涼としていた。リズはいつの間にか想像の世界へと入っていった。幼いオイディプスは足を縛られ、父ライオスによってこの恐ろしい岩地に捨てられたのだ。神託はこの赤ん坊が長じて父を殺すことを告げていたのだ。しかし、赤ん坊は羊飼いに発見され、傷ついた足という意味でオイディプスと名づけられた。のちに彼は自分の父を殺し、その妻、すなわち実の母と結婚するだろうと告げられる。苛酷《かこく》な運命を逃れようと出奔した彼はいつしか生地にたどりつき、老人を殺しその妻をめとったが、それこそ実の父ライオスと、母イオカステであった。デルフィの神託の成就だった。この土地にはほかにも多くの無残な話が残っている。

「どこか遠くに行ってしまってるみたいだ」前方を見ていた目をリズの方に向けスピロが再び口を開いた。

「時間もね」リズは笑った。「今、私はオイディプスとかアガウェとか、運の悪い息子ペンテウスなどのことを考えていたのよ」

「どの話も信じられないよ」スピロは笑った。「神話の世界だってことを忘れないでくれよ」

ミューズの神々の出没したヘリコン山脈は東から西へと走っていた。傾きかけた太陽の光を受けて、斜面は真珠のように、そしてまた紅色、金色にと輝き、やがて訪れようとする夕暮れの前奏曲をかなでていた。ピンクのサテンのような雲は頂上をやさしく覆い眠りにつく神々を包んでいた。

もうパルナッソス地域に入っていた。荒涼としたこの地は、まるでリズの心の風景のようにさえ思えてくる。

かつて激動と隆起のうちに、この荒々しい大山塊は天地をゆるがすかのように立ち現れたのだ。人間が自然の脅威を神格化して崇《あが》めることを覚える以前から、この山塊は存在し、また、人間の消滅する日を眺め、それでもなお猛々《たけだけ》しい姿を原初のときと変わらぬ空にさらすのだろうか。

夜のとばりがいつの間にかおりていた。なんとなく調子のおかしかったエンジンがとうとう故障してしまった。

「いったい、どうしたっていうんだ！」弁解がましい調子で不機嫌そうに言うと、スピロは車を降りてボンネットを開けた。「懐中電灯で照らしてくれるかな。ダッシュボードのところにあるはずだ」

十五分もすると車が通りかかり道端にとまった。運転していた男にも、スピロにも故障の原因はわからなかった。「引っぱってあげましょうか」と言ってくれたので、スピロはありがたくそうしてもらうことにした。この男はアラコバに行くところだった。アラコバで修理工場を見つけ、車がどうにか動くようになるのに五、六時間もかかったろうか。車をなだめなだめ走らせてデルフィの家に着いたのは、あと五分で十二時というころだった。修理工場からニコスに電話をいれておいたので、家の外の電灯が一つだけつけてあった。

車がとまるとすぐにニコスが飛び出してきて、玄関の灯をつけた。スピロはリズの荷物を渡すと、もう一度故障のおきないうちにと、そそくさと帰って行った。

リズの先を行くニコスがなにやらぎこちないようすなのも、予定以上の長旅にすっかり疲れたリズは気がつかなかった。寝室のドアをまるでこれから起こるドラマの幕を切っておとすように大げさな身ぶりでニコスが開けた。一歩自分の部屋に足を踏み入れたリズは信じられない思いで使用人を振り返った。リズの紅潮した顔を見て、ニコスがにやにや笑っている。リズはもう少しでニコスの横面を平手で打つところだった。

「さがっていいわ」

「はい、奥様」ニコスが戸口を出るか出ないかのところでリズはドアを蹴《け》った。あやうくニコスは背中にぶつけられるところだった。

怒りに燃えて、考えつくかぎりの悪態をついた。恥をかかされた……夫が目の前にいたら、殺すことぐらいわけないように思えた。いったいナイジェルはどこ？　どうしてダブルベッドを……どういう気なのかしら。いつアテネから帰ったのだろう？　予定を切り上げたのかしら？　グレタ……彼女はこのたくらみに一枚かんでいるのだろうか。いや、これはすべてナイジェルの画策なのだ。それならまだ望みはあるかもしれない。ひょっとしてナイジェルが結婚した理由は、私に欲望を感じたからかしら？　でも変だわ。それならなぜ今まで待ったのかしら？

背後でドアの開く気配に、リズは身をこわばらせた。黒と金のドレッシング・ガウンを羽織ったナイジェルが入って来た。今まで眠っていたのか、髪は乱れていた。

「どういうことなの？　なんの冗談？　ニコスが私を見て笑っていたわ。使用人の前で人をばかにするなんて！」ナイジェルは視点の定まらないような表情で、ドアにもたれかかっていた。夫が冷静にかまえればかまえるほど、リズの怒りはつのった。

ナイジェルはあくびを噛《か》み殺すように手を口にやった。そして怒りのこめられたリズの握りこぶしからその日の午後入れ替えられたダブルベッドに目を移した。彼の視線を追うリズは怒りで窒息しそうだった。たった少し前、二人が気持よく暮らせるようもう少し仲良くやっていこうと決心したなんて、どうかしていたんだわ！

「うぶなことを言うじゃないか」リズの怒りはどこ吹く風とばかりにナイジェルは冷静だった。「注意したのに聞いていなかったんだな。そして、今になって僕が本気だっていうことに気がついたんだ」

「あなたは私がスピロと一緒にアテネに出かけたのを知ってらしたのね？」リズは気色《けしき》ばんだ。だが、相手がどうでるのか、見当がつきかねてリズは黙った。

「僕の従弟《いとこ》とアテネに出かけたのは知っていた」穏やかな口調だったが、その手にのるまいとリズは内心身がまえた。ナイジェルの口元や顎《あご》の下の静脈の浮き出た様《さま》をみれば、彼が怒りを抑えかねているのは明らかだった。今は自分の怒りを爆発させるときではないと察して、リズはできるだけなにげない調子で尋ねた。

「私を見たの？」

「デンドラスが君を見た」

「デンドラス？」ナイジェルの友人に見られるなんて考えつきもしなかった。「ど、どこで、見、見られたの？」ナイジェルの堪忍袋の緒が切れそうなのを見てとったリズは思わず一歩退いた。

「ホテルの部屋に行くところだ」

「部屋？　別々の部屋よ、失礼ね！　デンドラスはいったいなにを言いたいの？　スピロと私が……」リズの目は険しくなっていた。「勝手な話をでっち上げるなんてあんまりだわ！」屈辱感で気持が激している間に、慎重にふるまう必要があることを忘れてしまった。「あなたの友達は、なぜあなたがアテネに行っていたかはご存知なの？　あなたが愛人《ピロ・フレンド》と一緒だったこと」

「僕の？　なんだってそんな言いがかりを言うんだ」不気味に震えるナイジェルの声に、リズの顔は青ざめた。

「グレタよ」体内の震えが表情に出るのが怖くてリズは顔をそむけた。「彼女と一緒だったのね」

「僕が？　どこからそんな考えが浮かんだんだ」

リズは当惑した。自分が勝手にそうだと思いこんだ以外にはなんの根拠もなかった。的はずれだったということもあるのだ。見込みだけで夫を責め、スピロと出かけることに決めたのだった。

「彼女はアテネにいたのよ。だから、あなたたち二人が一緒だったということになって当然でしょう？　急に思い立って出かけるなんて……」

「グレタがアテネにいたなんて誰にきいた」

「スピロよ」

「そうか、では言っておくが、僕はグレタと一緒ではなかった。仕事でアテネに行った。そしてデンドラスが言ったことが気になって帰って来たんだ。ニコスに電話して、君の帰る日をきいておいたんだ」リズの鏡台の上にある銀時計に目をやるとさらに続けた。「十一時まで起きて待っていた」

「あなたはグレタと一緒にちがいないと思いこんでいたの」恐る恐る言いながらも怒りはつのっていった。

「それで、君は腹いせに仕返しをたくらんだんだね」やさしい口調だったが、複雑な顔つきをしている。リズの本心を探り当てようとしているかに見えた。ナイジェルはなにを考えているのかしら？

「そうよ」リズの声はうわずっていた。「腹いせだったのよ」

ナイジェルが一歩近づくと、リズは一歩退いた。ナイジェルの手が彼女の白い肌にくいこみ、リズは痛さをこらえて、声をあげないように下唇を噛んだ。

「スピロ——あいつと一緒に出かけるなんて、いったいどういうつもりなんだ。しかも僕の友達にホテルにいるところを見られるなんて！」もはや感情を抑えることはできなかった。リズは竜巻《サイクロン》に巻きこまれたような気持だった。リズの髪は乱れ、ナイジェルの怒りが再び頂点に達し、リズを揺さぶるとリズは頭が割れそうだった。

「僕にあんな恥をかかせるなんて。いいか、一生忘れるんじゃないぞ。スピロが僕の命令を無視するなんて、なんと言って説得したんだ！」ナイジェルはまたリズを揺すった。「なんて言った。答えるんだ！」

おびえきったリズは黙って彼を見つめるしかなかった。これ以上黙っていたら、また暴力をふるわれるのではないかと思い、とうとう口を開いた。

「私——私、退屈だったのよ。だから、スピロに連れて行ってくれるように頼んだの。あなたの知っている人に見られるなんて考えもしなかったわ」

「そうだろうとも！　君は僕に出くわすかもしれないと思わなかったのか？」彼の指がいっそうきつくくいこんできたが、リズは必死で悲鳴をおし殺した。

「そんなこともあり得るとは思ったわ。でも、あなたはグレタと一緒にいると思ったから……」もうこれ以上説明する必要もないと思い口をつぐんだ。

「だから君を見かけても、僕は文句を言えないはずだと思ったんだな？」口調から憤りは薄らいでいたが、目には怒りがくすぶっていた。「君の行動にあきれているんじゃない。スピロだ。よくもあいつが大それたことをしたものだ」

スピロは怖気《おじけ》づいていた。だがそう言ったところで夫を納得させられそうにもない。リズはただ首を横に振った。強がりのリズだったが、精神的にも肉体的にも疲れ果てていた。ナイジェルも疲れているのか、あくびを噛み殺している。口元にあげた夫の手を見て、リズは一瞬ぶたれるのだと思った。今となっては、なぜそんなことをしたのか自分でも理解に苦しむのだが、突然再びこみ上げてきた怒りの勢いで、ナイジェルの手首をぴしゃっとたたいてしまった。ナイジェルはびっくりはしたものの、痛くもなんともなかったらしい。リズのほうはと言えば、ちょうどナイジェルの金の腕時計のバンドをひっかいてしまったらしく、爪がひどく割れてしまっていた。リズはうろたえて、下の肉が見えるほどに割れてしまった爪の先を見た。

ナイジェルの手を払いのけると、リズは急いで鏡台のところに行き、はさみで折れた爪を切り落とした。

「どうしてたたいたりしたんだ」彼の声には怒りは消え、おもしろがっているようすさえ感じられた。

「あなたがぶつと思ったのよ」爪が格好よく長くなるには何カ月もかかるだろう。

「そうか、そして、あれが君の反応だったわけだ」

「たたいたら、きっとたたき返しますからね」

重い瞼《まぶた》が灰緑の瞳を覆った。退屈だというかわりに彼がいつもする仕草だった。それを見たリズはもう一発たたいてやりたい気持に襲われた。

「挑戦状をたたきつけられたようだな」気のなさそうな、語尾をひいた口調でナイジェルがつぶやいた。

リズはとっさに彼にはさみを投げつけた。小さなあまり切れのよい刃ではなかったから、命中したとしても、相手が怪我《けが》をするほどのものではなかった。ナイジェルがさっと身をかわしたのではさみはカーペットに落ちた。

「拾いなさい」やんわりと夫は命令した。

リズの眉はつり上がった。ナイジェルは顎で指図した。「自分で拾いなさい」ぷいっと背中を向けたが、ナイジェルが何かしようと鏡台の方に歩いて来るのが縦長の鏡にうつった。彼はヘアブラシを取り上げた。リズは後ろの方に向き直った。顔から首筋まで紅潮しきっていた。

「まさか……」

「拾うか?」

リズは目を伏せた。怒りと反抗心が恐怖と戦っていた。

「君にはお仕置が必要だと前にも言ったことがあったな。僕の言うことがきけないのなら、いやな目にあうことになる……僕は楽しませてもらうことになるだろうがね」ナイジェルが半ばおもしろがっているようにつぶやいた。「さて……」数分が流れた。

黙ってはさみを拾うと、リズは鏡台に置いた。

「あなたなんて大嫌いよ。あなたと結婚なんかするんじゃなかったと心底思っているわ」

ナイジェルの命令に従わなければならなかったことに対する腹立たしさと恥ずかしさとで

リズはまだかっかとしていた。「あんまりいばらないで……」彼の目元がほころぶのを見るとリズは言った。「私は契約を守って、あなたと別れることはないって約束はしたわ。でも考えを変えることだってできるのよ」

ナイジェルは少しはびっくりしただろうか。この脅しがきいて、今晩この部屋にいようという考えをあきらめさせられるだろうか。リズの紅潮した顔を眺めていたナイジェルは、苦笑いをすると首を振った。

「口やかましのおてんば娘！　でも、君は信用できる。君の口約束は契約と同じだ。そうでなければ僕は、とんだ見込み違いをしたことになる」

自負心の強いことをナイジェルは買っているのだ。ナイジェルの示した全幅の信頼にリズは感嘆したが、反面おもしろくなかった。というのも、こう見くびられてはリズが考え出すどんな脅しも功を奏しそうになかったからだ。リズは黙っていた。ナイジェルはせせら笑うとも、おもしろがっているともつかぬ視線をベッドに走らせていた。

「どうもお気に召さないようだな……この模様替えは。君をイギリスに帰す前にお仕置が必要だと思ったものでね」ナイジェルはヘアブラシを元の位置に戻した。「君がいけないんだ。僕の忍耐力にも限度があると何度も警告したはずだ。いい加減にわかってもいいころだよ」

まるで心ならずもお仕置をしなくてはならない親のようなおずおずとした響きがにじん

でいる。「君にもいずれわかるだろう」ナイジェルは抑揚のない言葉で続けた。「時間はかかっても、いつかわかるときがくる。保証するよ」

話しているうちに、ナイジェルの目は輝いてきた。リズは目を合わせないように、開いている窓のところに立っていた。ほのかに香る夜の空気を震わせる蝉《せみ》の声、丘の斜面から響いてくる羊の鈴の音、ふくろうの鳴き声に聞くともなく耳を傾けた。縄につながれたろばがいやがって叫び声をあげていた。ギリシア人というのは、どうして動物に対して残酷なのかしら。犬、猫、山羊《やぎ》、羊、どんな動物も感情なんてないと思っているのだ。

リズは向きを変えると夫の顔色をうかがった。残酷というのは正確ではないわ。冷酷というか、この民族が生まれながらにして持っている優越感なのだ。

「デンドラスはなんて……なんて思っているかしら」

「彼にどう考えてほしいんだ」

リズはむっとして夫を見上げた。「彼はそうは思わなかったんじゃないかしら」

ナイジェルの表情がゆるんだ。「そうは思わないって、いったいなんだい？」

リズは瞼を伏せた。まつげが頬にやさしい影を落とした。

「わかるでしょう？　ね、大丈夫ね？」

彼はちょっと怒ったようにため息をついた。リズはこの話をむし返したのを後悔した。スピロでなく、ナイジェルと一緒にアテネに来たかったと思ったことが急に思い出される。

「もし、僕がデンドラスに今度の旅行は僕が許したんだと言わなかったら、彼は絶対なにか変だと思ったろう」

リズは目を開けた。「そうおっしゃったの?」

「そうでも言わなけりゃ笑い草になるじゃないか」彼の口調には非難がこめられていた。

「それで……あなたはどう思ったの?」

じっとリズを見つめていたが、ふとナイジェルの表情が動いた。「気にかかるかい?」

なんのためらいもなくリズはうなずいた。「ええ。おかしいけど、そうなの」

静かな、しかし疑うような笑いが部屋中に響きわたった。

「そうか、それなら望みはあるな。我々……いや君が……」

リズは顔をしかめた。なにをためらったのだろう。

「私の質問に答えてくれていないわ」

「君を信用していると言ったじゃないか」

「どうもありがとう」リズはやっとの思いで言った。「あなたはグレタと一緒じゃなかったのね」

ナイジェルはまた笑った。「君は僕とグレタとの関係にやけにこだわるね」

リズは否定したかったが、正直なところ無理だった。かわりに話をそらそうとした。

「今晩、本気でここにいるつもりなの?」

「もちろんだとも」気を変えるつもりのないことは彼の明快な答えでわかった。リズは深いため息をついた。

「あなたの約束は信用できないってことね」

「言いがかりをつけようというのか？」

「そうよ。ちゃんと約束したはずよ。私は自分の約束を守っているんだから、あなたにも約束を守ってほしいわ」

「君の期待は失望に終わるね。僕の信頼をもてあそんだ代償だ」

かっとしたリズはナイジェルに背を向けた。「男は皆同じね。他人の気持なんて気にもかけない。だから結婚なんてしたくなかったのよ」

答えはなかった。ただ背後でナイジェルが動くのを感じた。そして、夏祭り《サマー・フェア》の当日、初めて知ったあの力強い彼の腕が鉄のたがで締めあげるようにリズを抱きしめた。あのときと同じように身がすくんでどうしても逃げられない。ほかの男だったら、リズに勝ち目があったかもしれない。だが、ナイジェルには……自分を偽ってみてもむだなだけだ。敗北を認めることは苦しいけれど、避けられないことなら立ち向かうしかない。リズは震えていた。彼の息づかいが聞こえた。彼の激しい怒りは、猛々しい欲望に変わっていた。

「怖いのかい？」ナイジェルがリズの首筋に唇を押し当てた。体をつかんだまま、彼女を向き直させる。彼の目を見たリズは自分のはかない望みがついえたのがわかった。それでも、リズは身をよじって逃げようとした。ナイジェルはいっそうきつく抱きしめ、一気に唇を押し当てた。あまりに激しいキスに、リズは彼の血管には女性を凌辱《りょうじょく》した古代の異教徒の血が流れているかと思ったほどだ。

やっとナイジェルが手をゆるめた。リズは思わず指で唇をなでた。彼の顔は征服者の彫刻のマスクのようだった。

「逃げるつもりかな?」笑いながら彼はポケットから鍵を出した。「メロドラマじみているな。普通なら君を信用するんだが」彼はおかしそうに笑いかけた。「だが、今は普通の状況じゃない……」

唇をきっと結んでリズは立ちつくしていた。

「二人がその気なら、普通の状況といえるだろうが、僕だけ一方的にその気になっているとすると……」

「出て行って!」

「気をつけるんだ、リズ。もう一度僕を怒らせたら、ひどい目にあうことになるぞ」

リズには、これが単なる脅しでないことはよくわかった。自分が悪いんだ。こんなに彼のことを嫌いならば結婚なんてしなければよかったんだわ。

「鍵は静かに閉めていただきたいわ。使用人が興味津々で聞き耳を立てているにちがいないんですからね」

リズが抵抗しないので不思議に思ったのだろう。ナイジェルの瞳に一瞬疑うような戸惑いが現れた。「メロドラマの必要はなさそうだね、リズ。そうだろう?」

リズは唇をひきつらせ、彼をきっとにらんだ。「私が喜んであなたのものになるなんて考えているのなら大間違いよ。尊大なあなたはそうなるのを待ってらっしゃるようだけど、簡単にあなたの手には落ちません。それに……苦い汁を吸うことになってよ」

皮肉たっぷりの目つきで、ナイジェルはリズの握りしめたこぶしを見つめた。「苦い汁だって!」目を上げてリズの顔を見ると、ナイジェルは首を振った。「そんなことはない、美しいリズ。それどころか、神々の食物《アンブローシア》のように甘美なものだろう!」

7

曽祖母《グレイト・グラン》は相変わらず編み物を、ローズ伯母は、暖炉のそばで読書を、そしてオリバー伯父は反対側で一人でチェスに興じている。

「君の番だ」という伯父の声に、読んでいた雑誌から目を上げたリズはしかめ面で彼をにらむと言った。

「だいたい、一人でチェスをするなんて無理なのよ。一人でトランプでもなさったら?」

「チェスがいいんだ。ええと、ビショップをあそこへ動かすと……向こうはキングを守らなければならなくなる……そうするとルークをあそこに置くしかない……と」

「どうして? このナイトでビショップを取ってしまう手だってあるわ」身を乗り出すと、リズは指さして見せた。

「リズ、お願いだ。ほっといてくれ。これでいいんだから……」

ため息をつくとリズは曽祖母に視線を移した。少なくなった髪の間から地肌がピンク色に光って見えた。入れ歯を嫌う彼女の頬は落ち窪《くぼ》んでいる。手はまだよく動くが、リューマチがあるので先が見えていると医者が言ったばかりだった。椅子から厚手のカーペットに滑り落ちただけというのに、あまり息づかいが苦しそうなのを見たリズが大事をとって医者を呼んだのだった。

「心臓ですね。まあ、お歳《とし》ですから。衰弱のようですよ。これまでよくもちましたよ」医者はさらりと言った。

この言葉はそれ以来リズの心に重くのしかかっていた。こうやって老人たちと一緒にいることは良いことなのかしら。少なくとも妹が結婚して、別のところに住んでいるのが救いであった。ヴィヴィアンをアーサーと結婚させようとしたときの光景がふと脳裏をかすめ、リズの口元がほころんだ。あの忘れがたい敗北のときまで、この家はリズの言いなりだった。だが、あの苦い思い出も彼女をさいなむことはなかった。

「もう以前の私ではないんだわ」その変化の理由が、実は自分がナイジェルと結婚したことにあるのをしぶしぶながらも認めていた。

本を取り上げたものの読む気になれず、リズは時計に目をやった。夕食はグレイスと彼女の両親とすることになっていたが、支度に取りかかるにはまだ早い。じっと座っているわけにもいかず、部屋を出るとふらりと庭へ行った。

九月の終わり、木々の葉はその色を変えつつあった。リズはこの季節が好きだった。しかし、今、リズはこの風景とギリシアの自分の住まいの風景とを比較していた。比べようのないものを比べてみても始まらない。デルフィはギリシア国中のどの神殿よりも素晴らしいものなのだ。あの荒々しい山々、湧《わ》き出る泉、峡谷とそびえ立つ岩壁、鷲《わし》が飛び交う目のくらむような高み――これらすべてがアポロの神域を――そしてリズの夫の故郷を特別なものにしていた。丸木の椅子を見つけると、リズは腰をおろした。ちょうど一週間……彼女の頰が赤らんだ。近くに人がいて、彼女の思いを見抜きはしないかとあたりを見回した。あの夜、ナイジェルはやさしく、ゆっくりとリズをベッドへと導いて行った。その翌朝リズが依然としてナイジェルを嫌っているようすが彼には信じられなかっただろう。リズの勝ちだった。彼女は頑《かたく》なにナイジェルに屈服するのを拒んだのだ。彼の肉体に嫌悪感を抱いたから……? いや、その反対だった。思い出すとリズの顔はさらに紅潮した。もうちょっとで降参しそうになったことをナイジェルは気がついたかしら? そうでないといいけど。リズの思惑どおりならば、彼女の言ったことで、ナイジェルは愛する男としての自信をずいぶん傷つけられたことだろう。リズの悪口雑言、そのあとに続いた長く冷たい沈黙、ナイジェルがリズの帰国に反対するのではないかという恐れが彼女の心をかすめた。だが、彼はなにも言わず飛行機の手配さえしてくれた。まるでリズのしばらくの留守を喜んでいるかのようだ。リズは妙にそれが腹立たしい。彼女が留守にする二週間をナイジェルはグレタと過ごすにちがいない。つい先日まで、このギリシア人の娘に感謝の気持さえ持っていたのだから不思議だ。グレタはナイジェルにリズのことを考える暇さえ与えないだろう。

　リズは立ち上がると家に戻った。

「お茶にしましょう。寒かったでしょう」ローズ伯母がほほ笑みかけた。

「寒くないわ」

　肘《ひじ》かけ椅子に腰をおろした。いったいどうしたというのだろう。自分でもなにをしたいのかわからなくなってしまった。どうしても家に帰りたかったというのに、こうして家に帰って来ても心が休まらない。もしナイジェルがあんなに高飛車でなければ、リズは喜んでイギリス滞在を短くすることだってできたのに。彼はリズは自分と暮らしているほうが、イギリスの家族と過ごすより楽しいに決まっていると言って、執拗《しつよう》なほど彼女をからかっていら立たせたのだ。思わずののしりの言葉がリズの口をついて出た。ギリシアに帰ったところでなんの楽しみがあるかしら。ナイジェルとの口論か、それとも彼の留守の間の無為の時間か……。

「あいつと会わなければよかったんだわ」

「なんて言ったの」ローズ伯母の問いにリズのいら立ちはいっそうつのった。

「独り言よ！」

「なんだね」曽祖母は編み物の手を休めた。「寒いのかい？　暖かい国に住んでいたんだから無理もないよ。上着を着なさい――ああ、このショールを貸してあげよう」

「結構よ、おばあ様」リズはため息をついた。

「別に寒いって言ったのではないのよ。独り言を言っただけですって」ローズ伯母が曽祖母に身を寄せて言った。紫色の細い血管の浮いた耳たぶが目に入る。

「誰のいろごとだって?」

リズは目を閉じた。「もう我慢できないわ」前はどうやって我慢していたのかしら。

「独り言ですよ」ローズ伯母が繰り返した。彼女が急にうれしそうな顔になったのは、お茶のお盆を持ってメイドが入って来たからだ。「いつものやわらかいパンね? メイシー」

「はい、奥様、そうでございます」

この会話は先週の金曜日のリズの帰宅以来、日に一度は聞く儀式のようなものだった。次は伯父が口を開く番だ。

「僕のはトーストしてくれただろうね、メイシー」

「はい、旦那様のはトーストいたしました」

お茶もそこそこにリズは急いで退散した。服を着替え、運転手付きの車に乗ったころには、憂うつな気分も晴れ、娘時代の屈託のないリズに戻っていた。七時半には久しぶりの友に歓声をもって迎えられていた。

「まだ夕食まで三十分ぐらいあるわ」と言うと、グレイスはリズに二階のベッドルームに来るように誘った。「お化粧がまだなの。頬紅をつけたり、マニキュアをする間、話していられるわ」リズの結婚以来二人の文通はあたりさわりのないことばかりだったからグレイスはリズの生活をほとんど知らなかった。

「ねえ、話して……あなたのご主人のこと。取り決めどおりにいっているの?」グレイスはドアを閉めた。「結婚しただけの見返りはあったんでしょう?」

「屋敷と財産を救うため……?」リズは眉をひそめるとベッドに腰をおろした。「正直言って、今度のことが良かったかどうか。でも、ほかの人のことも、とくに曽祖母のことも考えなければならなかったし」

「あなたがそんな犠牲的立場にあったなんて考えもしなかったわ」グレイスは笑ってそう言ったものの彼女の目は真剣だった。「うまくいかないの?」

「続く結婚でないことはわかっていたのよ。便宜上の結婚なんですもの」

グレイスは鏡台の前に座ると鏡にうつったリズを注意して眺めた。

「彼ってどんな方? 結婚式で見ているはずなんだけど、彼のことを思い出そうとするとどうしてもあの夏祭り《サマー・フェア》での姿しか浮かんでこないのよ――かっこつけて、横柄で、わざと語尾を引っぱったしゃべり方をしていたわ……」

「あれは、わざとじゃないのよ。ああなってしまうの、自然に」突然口をついて出た言葉にリズ自身もびっくりしてしまった。自分でも我慢ならない彼の話しぶりを弁護するなんて、いったいどうしたことだろう。

グレイスは口を丸くすると信じられないとばかりにヒューッと音をたてた。「まさか恋をしているんじゃないわね！」試すようにグレイスが見つめている。

「恋？　ばかなことを言わないでよ、グレイス」でも、この感情はなんなのだろう――グレイスに答えたときの胸の高鳴りは？　そして前にもこうした高鳴りを経験したのをリズは思い出した。

「そうね、あなたが……そんなはずないわね。男を軽蔑《けいべつ》して絶対に結婚なんかしないって言っていたあなたですものね」グレイスは首を振った。「どっちにしろ、あなたがナイジェルみたいな男性に恋するはずはないわ。冷たくって、感情の乏しい……まるで情熱を感じさせないんですものね」

感情豊かでない？　その言葉がどんなに誤ったものかグレイスは知りようもない。リズはあの晩のことを思い出していた。冷たい表情は彼が自分に課した仮面なのだ。その下には豊かな情熱が息づいている。だが、すべてが計画され、一瞬たりともコントロールが乱れることもない――熱烈な愛の行為と裏腹な感情の抑制――どうしてそんなことが可能なのかしら？　ギリシア人の天性の才なのだろうか。リズはほかと比べるほどの経験はないものの、ナイジェルが完璧な男であることを認めざるを得ない。

「顔が赤いわよ」友人の静かな声にさえとびあがるほど、リズはすっかり自分の考えに没頭していたのだ。

「別に……別に赤くなんかないでしょう?」

「なにを考えていたの?」グレイスは不思議そうに言った。「私の考え違いだったのかしら? あんなに頑固に独身を誓っていたあなたがギリシア人のハーフにほれこんでしまったなんて」

「違うって言ったでしょう」リズは怒ったように言った。「なんであんな男に私が恋するの?」

そう言いながらも、リズは慎重さを欠いた自分が腹立たしかった。グレイスだってばかじゃない。それどころか、とても知的で洞察力の鋭い人なのだ。

「もしあなたが彼に恋しているのだったら、ずっと楽じゃない? 愛せない人と一生暮らしていかなければならないことなんてつらいもの」

「そんなこと覚悟で結婚したのよ」

グレイスは爪やすりを取るために向きを変えた。

「ねえ、話してよ、彼のこと。彼はこの取引に満足しているの?」

「そうなんじゃないかしら?」また逃げ口上としか思われないわ。グレイスに見すかされてしまう。

「二人でいるときはなにしてたの?」一呼吸おいてからグレイスは言った。

「彼は独身生活を送るのがいやになったのかしら」

リズは下を向いた。またあの夜のことが思い出された。ベッドが変わったことをグレタはもうメイドから聞かされているかしら？　あのにやにやしたニコスはすぐ妹にニュースを伝えているにちがいないから、グレタの耳に入っているのは疑いもない。

「彼にはピロー・フレンドがいるのよ」

グレイスはちょっと驚いたようだった。「ずいぶんとお上品な呼び方なのね。ギリシアではそう言うの？」

リズは目を伏せたままうつろにうなずいた。「グレタっていう名よ。もう何年も続いているらしいのよ」

「今も？」

リズは一瞬、戸惑った。ナイジェルはアテネでグレタに会っていないと言った。リズは彼の言葉を信じていた。「わからないわ」夫のガールフレンドとの出会いのシーンをグレイスに話して聞かせた。「私たちの結婚をすごく怒っていたわ」

「それはそうでしょうね。でも、作り話みたい。そんなことが実際にあるなんて！」

「ほんとにあるのよ。ナイジェルがイギリスに来る前には二人はもう婚約者同然だったんですって」

考えこんだようにグレイスは長い爪にやすりをかけている。

「それであなたは信じるの？」

リズは首を振った。「ナイジェルは結婚なんかする気がなかったらしいわ。グレイス、ナイジェルはお金のために私と結婚したのじゃないのよ。彼はずっと前からあの遺言が無効なことは知っていて、イギリスにやって来たのは、私か私の家族の誰かと遺言の無効訴訟の相談をするためだったの」グレイスが腑《ふ》に落ちない、といったようすなのを見てとって、リズは全部を話した。

「それじゃあ、どうして彼はあなたと結婚したの?」グレイスはリズを見つめた。

「ずっとそれを考えていたのよ。どうしてだと思う?」

グレイスはしばらく黙りこんで、思い出したように爪やすりを動かした。

「ひとつ思い当たることがあるわ。当たっているかどうかわからないけど……」

「なにかしら? 言って。なんにもわからないよりはましだわ」

「あの日……あなたはあまり話したがらなかったわね。人に聞いたんだけど、ナイジェルは誰もいないところであなたにキスをしたい、と言い張っていたそうね」

「それがどうしたというの?」リズは思い出しただけで紅潮し、怒りが体を走り抜けた。

「どうかしたの?」グレイスはリズをしっかりと見つめて言った。

リズはわずかに肩をすくめた。「一ペニー分のことをしただけよ」

「で? おもしろくなかったのね?」

「キスなんて、どれもおもしろくないわ!」

「でも……ナイジェルのは？　ほかの人のとは違ってた？」グレイスは興味津々であった。

違うですって？　たしかに違うわ！

「まったく鼻もちならない男よ！」とっさに激しい言葉が口をついた。

グレイスはリズの表情の変化を見逃すまいと見つめていた。

「それがどうしたって言うの？　あなたはナイジェルと私がなぜ結婚したか思い当たる節があるって言ったじゃないの」

沈黙がしばらく部屋を支配していた。グレイスが静かに言った。「彼が――彼はあの日あなたに恋したのじゃないかしら？」

「恋？」リズは言葉もなく、ただ驚くばかりだった。「どうしてそんな考えが浮かんだの？　もっといい考えでもあるのかと思ったのに……」

グレイスは笑った。ふと時計に目をやった。もう十分もすれば夕食だ。

「あなたの気に入らないかもね。でも、さっき言ったことはあり得ることよ。あなたに一目惚《ぼ》れした男性はなにもナイジェルだけではないんでしょう？」

「ばかなこと言わないでよ」

「謙遜することないわ。私がたった今言ったことはほんとうよ。自分でも知っているはずだわ」

「ナイジェルは一目惚れじゃないわ」リズははっきりと言った。「ナイジェルは、私が彼のことを嫌っているのと同じくらい、私のことを嫌いなのよ！」

「彼はあなたが一緒に生活していく相手としてはどうか、ということはなにも話してくれてなさそうね」グレイスは抑揚のない声で言った。口紅をつけながら鏡にうつったリズを観察していた。

「けんかばっかり……」

「けんか？　それで、どっちが勝つの？」好奇心いっぱいのグレイスの質問もリズにとっては脈絡のない唐突なものに響いた。

「どっちが勝つと思う？」

グレイスは笑った。「これは難問だわ。まあ、普通に考えればあなたね。でも、ナイジエルは……。彼にはほんのちょっと会っただけだけど、あなたに勝ち目はあまりなさそうね」

唇を噛《か》む友達を見てグレイスは笑ってしまった。

「ナイジェルがやればやり返すだけよ」ベッドから立ち上がると、ハンドバッグからコンパクトを取り出し、リズは白粉《おしろい》をたたいた。「これから先も変わらないわ」生来の向こう気がそう言わせたのだ。だが、グレイスはだませても自らを欺くことはできない。あの晩のことがなくとも、リズには夫が主導権を握っているのがいやというほどわかっていた。

「けんかして楽しい？」鏡の前の席をリズに譲るとグレイスは尋ねた。

「単調な生活の気分転換にはなるわ」

「あなたのこと、気の毒に思うべきなんでしょうけど――なんだかそういう気になれないわ」

「同情なんて、まっぴらだわ」

「そう、あなたにはそういうものは決して必要ないわ」グレイスは着ていた服を脱ぐと、別の服を頭からかぶった。

「あなたは……なんというか……私たちの結婚生活がこのまま続くといいと思っているみたいね」

「ナイジェルがなぜあなたと結婚したのか」グレイスは背中に手をまわしてジッパーを上げた。「私ならその理由を見つけようといろいろ試してみるけどな」

「試すですって?」

グレイスはリズをにらんだ。「もし、もしもよ、ナイジェルがあなたを愛しているのだったら、あなたは彼のことを愛せるの?」

リズは目を伏せた。どうしてこう単刀直入な質問に〝ノー〟と答えられないのか。そんな自分が腹立たしかった。そして、仕方なくまたも逃げ腰な態度で答えた。「ばかげた質問だわ。だって、ナイジェルは私を愛していないんですもの」

「リズ、ナイジェルはあなたとなんらかの理由があって結婚したのよ。愛しているから結婚したっていうことだってあり得るわ。遺言の訴訟をやめて結婚したんですもの。彼はあなたと結婚したかったのよ。そうでなければ、予定どおりあのばかげた遺言の無効の訴訟を進めていたはずでしょう?」リズの顔が色を失い、口をきくことすらできないのを見てとると、グレイスは続けた。「今言ったでしょう? 実験するのよ。あなたがぜんぜん見かけとは違う人間だっていうことを彼に見せるのよ!」

「見かけと違うって?」

「リズ、あなたが世間に見せている顔と、ほんとうのあなたとは違うわ。自分でよくわかっているくせに。男が好ましいと思うような面を必死で隠そうとしているのね。今まで結婚に興味もなかったから、あなたのいいところを見せようともしなかったんだわ。でも、あなたはナイジェルには心を動かされずにはいられないのよ……いくら違うと言っても私は信じませんからね」

不思議なことに、リズは言い返す気が起こらない。自分でもそれが真実であることを認めはじめていたからであった。友のアドバイスに素直に従ってみようか、という気にさえなりはじめていた。

そう、ナイジェルに心動かされているのだ。しかし、どんなことがあろうと、グレイスにはそう言えなかった。生まれつき人の気持を読むのにたけたグレイスは、これ以上深追いはせずに、もう食事の時間だから下へ行こうと、ドアを開けた。

「ダニエルをご存知でしょう？」ミセス・ランはリズをその日の相客の男性に紹介した。リズはうなずいたものの握手は控えた。ダニエルも一刻《いっとき》リズに気があった一人であった。彼もほかの男性たち同様、リズの激しい性格を考えると結婚相手にはどうもと思ったのだろう。たまたままわりに人がいないときにダニエルがいくぶんからかい気味に尋ねた。

「結婚生活はどう？　君が恋するなんて考えてもみなかったなあ」

リズは心の中でほほ笑んだ。

「女はわからないものよ」夫のことも、グレイスの質問も、自分がナイジェルに心動かされている真実もふり捨ててしまいたかった。「男だってそうだわ」知らず知らずのうちに口をついて出た言葉に我ながら驚いていた。

「君のご主人は勇気があるよ」ダニエルは笑いながら言った。リズも笑い返した。

「あなたよりは勇敢だわね、ダニエル」

「ぼくだけじゃないよ。たちどころに十人くらい名前をあげられるよ」少しの間があった。

「彼はたしかギリシア人だったね。ギリシア人は女をかしずかせることで悪名高いというけれど、君がかしずいている姿なんてどうも想像できないね」

「私自身にだってできないわ」

「まあ、いいさ。いずれにしろ、どうにかやっているということは、二人のうちどちらかが折れたということだろう」

リズは口元に苦笑いを浮かべそうになった。「情報を集めるつもりなら、時間のむだづかいよ、ダニエル。夫以外の男性と自分の結婚生活の話はしないことにしていますから」

ダニエルは肩をすくめた。

「結構だ。話をきくのもおもしろいかと思っただけなんだ。ご想像のとおり、かなり噂《うわさ》にのぼっていたからね」

「私が悪名をとどろかしているというの？」

「君の性格の激しさは有名さ。自分でも知っているくせに……」

リズはレイと一緒に長椅子《カウチ》に腰をおろしているグレイスに目をやった。彼らはよく似ている。どっちもいばることはしないし……。リズとナイジェルも同じように似てはいる。だが、お互い愛し合うことができても二人の結婚がうまくいくとは思えなかった。二人とも強情で、どちらも折れないから、うまくいく可能性は皆無に思われた。

「いつ帰るの？」ダニエルの声にリズはそんな考えから引き戻された。

「あと一週間で。金曜日に帰るわ。二週間の予定で戻って来たの」

アテネの飛行場に行くためのタクシーが来る、ほんの五分前にナイジェルが念を押したのだ。「いいね。二週間だよ。それ以上長くならないこと」この尊大な命令にリズの頬は怒りで紅潮し、思いより先に言葉が口をついて出た。

「もしいたければ一カ月だっているつもりよ」

「そんなことはしないだろう。もし二週間で戻って来なかったら、僕のほうから迎えに行く。だが、僕にそんなことをさせるようになったら、君は一生後悔することになる。いいね」

「私をひきずり戻すことなんてできなくてよ」荷物を積み終わった運転手がドアを閉めようと待っているというのに、リズはまたくってかかっていた。

「できないさ」ナイジェルは、からかいと皮肉が入り混じったように言った。「そのとおり。でも、リズ、君はきっと帰って来る」突然大声で笑うと、いつにないやさしさでつけ加えた。「楽しんでおいで。それから耳の遠いご老人たちによろしく」そして、タクシーが見えなくなろうとする瞬間、投げキスまでしたのだった。

ナイジェルはリズが約束を守ると信じていた。リズ自身も自分がそうすることはわかっていた。自分がもう少し従順にさえなれば、ひょっとしてこの結婚はうまくいくのかもしれない。でも従順さは弱さに通じるし、妻の側になんらかの弱みがあると、夫につけこまれる。そんなのはいやだ。どんな男性にも、自分を支配させるようなことは絶対させないわ。

「明るいギリシアに比べると、こっちは陰うつに感じるだろう?」

ダニエルの質問に、リズは上《うわ》の空でうなずいていた。「太陽も景色も違うわ。素晴らしいところよ」

リズの生き生きした口調にダニエルはほほ笑んだ。

「休暇にはぜひ行ってみたいな。泊めてくれるかい？」リズは彼を見つめた。ナイジェルがダニエルを家に泊めることを許すなんて考えられなかった。とは言うものの、リズがイギリスからの友人を歓待してなにが悪いというのだろうか。もちまえの負けん気が頭をもたげた。「ええ、いいわ。いつごろいらっしゃる？」

性急に事を決めたがるリズに、ダニエルは笑いながら、どうしてそう熱心に招《よ》んでくれるのかと尋ねた。リズはとたんにダニエルがデルフィに来ようと来まいと、別にどうでもいいという心境になっていた。反対にダニエルはとても乗り気だ。

「来月、休暇がとれるんだ。月末に。そのときはどうかな？　君とご主人に案内してもらえるかな？　パッケージ・ツアーじゃ、味も素気《そっけ》もないからね」

ダニエルは話を続けているのだが、リズは気を入れて聞く気もうせ、彼との会話も苦痛になってきた。自分がイギリスを発《た》ってしまえば、ダニエルも気が変わるかもしれない。気が済むまで話させておくことにしよう。

カウチにもたれかかったリズは大きくため息をついた。ラン夫妻、そしてグレイスとレイはそれぞれおしゃべりに興じていた。退屈で仕方がなかった。ダニエルは適当な話し相手だったし、ワインもおいしかった。プレーヤーからはチャイコフスキーの〝くるみ割り人形〟の花のワルツがやさしく流れている。満ち足りた宵に、この空虚な思いに襲われるのはなぜだろう。ナイジェルがここにいれば……そう思っているのだ。どうして素直になれないの？　こうして事実を認めてしまうと、リズの顔には一種のやすらぎ、今までにないやさしさが現れていた。

ナイジェル……。愛しているから結婚したのだろうとグレイスは言っていた。思い当たることがある。いつかわかると夫は言っていた。二人の結婚は、あの一夜から初めて人並みなものになったのだ。あれは終わりではなくこの結婚の持続の始まりだった……。パーティーがお開きになって、ダニエルが家まで送ろうかと言った。

「車が十一時に迎えに来るから、結構よ」

「君の住所を教えてくれないか。日時は前もって知らせるよ」ダニエルが手帳を開いて待っている。こうなれば教えるしかないが、リズはひそかに彼の気持が変わってくれないものかと祈っていた。

「ありがとう、よせてもらうのを楽しみにしている」

リズが辞去するときに降り出した雷雨をついて走る車の中で、ダニエルを衝動的に招待してしまったことで、リズは思い悩んだ。今さら彼の気が変わるとも思えない。もう口に出してしまったのだから、今さらくよくよしてみても始まらない……。

8

リズの乗った飛行機が空港に着くと、驚いたことにナイジェルが迎えに来ていた。到着時間は知らせてあったが、タクシーで帰らねばならぬものとばかり思っていた。

彼の出迎えに心ときめいたが、それを表に出すリズではなかった。それでも紅潮した頬は隠す術《すべ》もなく、ナイジェルはそれを見逃さなかった。彼の目がいたずらっぽく輝いた。リズは腹が立った。こうした駆け引きには、彼のほうが何枚も上手《うわて》だった。リズの火照った顔からも、おおかた察しをつけていることだろう。

「家のみんなはどうだった？　相変わらず元気かな？」

「ひいおばあ様はあまり良くないの。でも、仕方のないことね。椅子から落ちて、お医者さんを呼ぶ騒ぎだったのよ」悲しそうに言った。

「それで、医者はなんて言った？」

「心臓ですって。それに、リューマチもあるそうよ。もうあまり長くないんじゃないかと心配なの」いかにも悲しそうに言うリズをナイジェルは見つめた。

「君はひいおばあ様のことがとても心配なんだね」

リズはうなずいた。「老人て気になるわ。とくにひいおばあ様は」

一瞬ナイジェルが口ごもった。「いいか、君は皆のために良いことをしたんだ。もし君が結婚に同意しなかったら、今ごろみんな老人ホームに行ってたところだ」リズはなにも言わなかった。「君は今でもこれを犠牲的行為と思っているのかい？」語尾を引っぱる口調の端々には、彼がおもしろがっているのが感じられる。

にこやかに平静を保とうと思う一方で、嫌味の一つも言わずにはいられない気持にかられた。どうしてナイジェルはもう少し、柔軟というか――謙虚になれないのかしら？　彼にはこの言葉の意味さえわかるはずもないわ！

「あなたの言う私の犠牲を、あなた自身はなんとも感じないの？」

「僕がどうして感じなくちゃいけないんだ？　君はそれがどんな意味か、わかったうえで決心したんだろう？」

「どんなことかわかったうえでですって？」

彼はリズをななめに見ると、ばかにしたように破顔一笑した。リズは言うのではなかったと思った。

「そうだ、君は知らなかったって言うんだね！　すべてプラトニックに運ぶと思っていたんだ――そう、君がもしあんなに僕のことを怒らせなければ、何事も起こらないで済むと思っていたんだ！」

「話題を変えていただけないかしら？　こんなに早く帰って来なければよかったわ」

「そうかな」彼はギアーを変えると、トラックの後ろについた。「どんなだったか話してくれないか？　なにをしたのか……」

「何度かは出かけたわ。友達の家に。でもほとんど家にいたの。ひいおばあ様に会うのはこれが最後の気がして……」

「僕がいなくて寂しくなかった？」

なんという厚かましさ！　ナイジェルと仲良くやっていこうなんてことをよくも考えたものだわ。結婚を成功させようなんて……気でも狂っていたにちがいないわ。

「寂しいなんて、とんでもない！　しばらくあなたから離れていられて、せいせいしたわ」

「それは、どうも」それだけが、ナイジェルの答えだった。「わざわざ迎えに来るんじゃなかったな」

「もし私と一緒がおいやでしたら、どうぞ、どこでも降ろしてください。タクシーもたくさん通っていますから」

ナイジェルは深く息をついた。「気をつけるんだ、リズ。ほんとうにそうするかもしれないよ」トラックを追い越して前へ出るとスピードをあげた。

「こんな言い合いがおもしろいの？」忍耐も限度というところで、リズは冷たく尋ねた。

「少しはね」いたずらっぽく認めた。「君みたいな女性には会ったことがないんだ。君はほんとうに変人だ」彼は考えながら続けた。「ま、君が変わってなければ僕が君と出会うずっと前に結婚していただろうね」

「なにがおっしゃりたいの？」

「たしかに君は地元の男性には手に負えなかっただろうね。誰も挑戦してみようとも思わなかっただろうし……」

「でも、あなたはやってみたわ」好奇心のせいか声の調子が静かになった。

「僕なら君を手なずけられると思ったんだ」背中と荷台とハンドルの上にまで荷物を積んだサイクリストを避けるため、ナイジェルはハンドルをきった。

「あなたがどんなに尊大な人間か、自分でわかっているの？　あなたが私と会うまで独身だったのも無理ないわ」

ナイジェルは笑った。「結婚してよかったんだよ。信じないだろうけど……」

「信じるわ――いいえ、やっぱり信じないわ。たとえばグレタがあなたをうまく陥落させるとか……。どうして彼女と結婚してあげなかったのか不思議だわ」

「彼女が変人じゃなかったからさ、リズ。だから、結婚しなかったんだ」

「それだけ？」リズは上目づかいにナイジェルを見た。

「ほかにどんな理由があるというんだ」

「ギリシア人は、愛人《ピロー・フレンド》とは絶対に結婚しないって言うじゃない?」

「君がピロー・フレンドだったら、僕は絶対に結婚していたと思うよ」からかい半分に言った。

リズは目を細めた。やっぱり私との結婚の動機は性欲だったんだわ——少なくとも、そう思えるわ。グレイスが、ナイジェルは愛しているから結婚したと言ったのが思い出された。

「それは、私に対するお世辞ととるべきなのかしら?」皮肉をこめて尋ねた。

「お世辞だよ。わかっているくせに……」

「ということは、ある意味では、私はあなたを惹《ひ》きつけるなにかを持っているということかしら?」

ナイジェルは一瞬口をつぐんだが、皮肉たっぷりに、「君は〝なにか〟じゃなくって、惹きつける〝もの〟っていうつもりだったね」

「いいわ、そんな直接的表現を使うんなら……。私はあなたの本能……つまり次元の低い魅力しかないって言いたいのね」

ナイジェルは眉をひそめて、ちょっといらいらしたようすで言った。

「君はなんてデリカシーに欠けているんだ——なんていうことを言うんだ! だいいち、

僕は次元が低いとは思わないね」リズはきっと向きを変えると、外の景色に目を移した。きらきらと輝く海の向こうにサラミス島やエジーナ島が、荒い岩肌を浮かび上がらせている。ナイジェルは、リズが急に静かになったのを笑っただけだったが、しばらくすると、また皮肉をこめて言った。「もし僕がその〝なにか〟さえも君にはないと言ったら、君はなんて言うかな?」

リズはかっときて息をのんだ。「話題を変えましょう」

「君が始めた話じゃないか」

リズはため息をついた。

「私……このあたりでタクシーに乗りかえたほうがいいみたいね。とめて、ここで降りるわ」

ナイジェルは、なにも言わずにスピードをあげた。次の何キロかはどちらも口をきかなかった。最初のドライブでも立ち寄った店に近づくとスピードをゆるめ、なにか飲むかときいた。

「ええ、欲しいわ」

リズは前のときにここでひどい目にあったのだ。今回はもう少し利口になっていた。

一人、二人の客はいたものの、中は静かだった。リズとナイジェルは枝を広げた木の下に腰をおろし、コーヒーと冷たい水を飲んだ。

「悪かった、リズ」突然の、思いもかけない言葉だった。「どうも君をからかいたくなっちゃうんだ」

「からかうですって?」眉を上げたものの、リズもほほ笑んでいた。

「じゃあ、なんて言ったらいいんだ?」

「嘲《あざけ》る……さいなむ……怒らす……」

ナイジェルは笑った。

「今日のところは、これでしばし休戦にしよう」とリズの目を見た。「リズ、君がいなくて寂しかったよ。それは認める。君を知る前の生活は、今思えば実に退屈だった」

びっくりしたリズは目を丸くした。ナイジェルがこんな素直な言葉を吐いたのは初めてだ。リズもわずかなりとも歩み寄らなければならないだろう。でも、どうやればいいのかしら?

「リズ、仮面を取ってごらん。君のほんとうの姿を見せてほしいんだ」

「なにをおっしゃっているのかわからないわ」

「正直に……。君には僕の言っていることがわかっているはずだ。君にはまったく違うもう一つの面があるんだ。どうして君がそれを隠そうとするのか、僕にはわからない」

グレイスが同じようなことを言っていたのを思い出して思わず頬を染めた。

「女らしい、情にもろい女性があなたのお好みなら、お気の毒さま! 私はそういう女ではありません」

「たしかに違うね。ねちねちした女なんて退屈でどうしようもないね。戦わずに屈服するばかりの人生なんて、なにがおもしろいと言うんだ」そして、にやっとしてつけ加えた。「それに見合う力の持ち主は、抵抗を歓迎するものさ」

リズはつい笑ってしまった。

「もし私が変人だとおっしゃるのなら、あなただって変人よ」

「似た者同士なのさ」コーヒーカップごしにリズを見つめながらつぶやいた。「ずっとけんかばかりしてなくちゃいけないのかい？　それとも、君のもう一つの面をいつかは見せてくれるつもり？」

「あなたの言うもう一つの面って、私の弱い面のことかしら？」

「そうじゃないよ。君は女らしさと弱さが同じものだと思っているが、そんなことはない。女らしさは自然に出てくるものだけど、弱さはそうではないからさ。女性は弱くなくっても、女らしくいられるはずだ、そうだろう？」

リズはつい笑ってしまった。

「ナイジェル、あなたは私をのっぴきならないところまで追いつめるつもりなの？」リズの目はナイジェルの顔を見つめていた。一瞬体の平衡がいっきょに崩れるような衝撃が走った。なんてハンサムなのだろう！　いやでもナイジェルの男らしい魅力に惹きつけられていく。とくに、自分の正直な気持に目覚めたこのごろでは、抵抗することのほうがむずかしかった。

「君は一歩も譲るつもりはないんだね」

こんなに彼が好意的に話しているというのに、どうして反抗心を捨ててこたえることができないのだろう。リズの悶々《もんもん》とした思いは、憂いを含んだほほ笑みとなって口元に浮かんだ。

「もし私が一歩譲ったとしたらの話だけど、どんなふうになると思う？」

「最高にハッピーになる」なんのためらいもなくナイジェルは答えた。それとわかるほどリズはびっくりした。柔らかなリズの頬には朱の花が散り、少し開いた唇はキスを誘うかのように震えていた。

「ナイジェル、なにを言おうとしたの？」

ナイジェルは言いかけた言葉をのみこんでしまった。彼が言おうとしたことをもう聞けないと思うと、心が沈んだ。彼女をちらりと見ると、ナイジェルは考えを変えたようだ。

「言いたかったのは、もう少し気楽にやっていけるんじゃないかと言うことだ」彼の顔はこわばっていた。ほんとうはこんなことを言うつもりだったんじゃない。彼は愛していると言うつもりだったのだ。しかし、それをやめてしまったのだ……。ちょうど、攻撃しやすいように敵を引き寄せておいてから一度撤退してみせるように。リズは神経をはりつめ、防御態勢を固めた上で夫を見つめた。私が彼を好きなことは認めるわ。でも、もし好きだということが服従を意味するのなら、この気持を彼にわからせないようにしなくては……。

誰かがレコードをかけた。今まで眠そうに隣のテーブルに座っていた男が立ち上がると踊りはじめた。観光客がいなくともよくあることだった。ギリシア人は生きているという喜びを表すために踊る。しかも、踊っているときのエネルギッシュなことは驚くほどだ。飛び上がり、体をひねり、跳ねる。それがスローで優雅な曲であろうと、荒々しい曲であろうと持てるエネルギーのすべてをふり絞って踊るのだった。

リズにとって、ギリシアのダンスはまだ珍しく、目の前に繰り広げられている奔放なダンスに目を奪われていた。ナイジェルの目は彼女の表情のいかなる変化も見逃すまいと、リズの顔に注がれていた。おし殺したようなため息にリズは振り向いた。

「もう帰ろう」

その夜、夕食のあと、ベランダに出た二人を静けさが包んでいた。二人とももの思いにふけっていた。月は出ていないが、深い紫色の空に星が輝いていた。パルナッソスの荒涼とした山塊を夕暮れ時から流れていた雲が覆っていた。

空気もほのかに香り、静寂な時の流れの中で、リズはかつて経験したことのない平和な気分にひたっていた。とは言うものの、あまりの静けさにリズはかえって落ち着けなかった。二人の間には親密なふれ合いがあった。それがしっかり存在するのはもう疑う余地がなかった。リズをしだいに引き寄せるナイジェルの断固とした力を無視できなかった。

目を上げると乳白色の光を受けて彼の表情は和《なご》んで見えた。

「何を考えていたのか言ってごらん、リズ」

答えるわけにもいかず、首を振った。

「散歩でもしましょうか」リズがきくと、ナイジェルは笑いながら答えた。

「歩いているほうが安全だと思っているんだろう、君は……」

「そんなつもりじゃなくてよ」

「それなら、君はまったく危険を感知していなかったわけだ」

「危険?」眉をひそめて尋ねた。

「ここで愛し合うことだってできたんだよ。あの一度の味が僕をかき立てるんだ。しかも君は二週間もいなかったし……」

今夜、自分から進んで夫に身を預けることも無理ではないと思いはじめていた矢先だったのに……。それをナイジェルはすべてぶち壊しにしたんだわ。そう思うと怒りがこみ上げてきた。くやしさと怒りに反抗心がまたもや頭をもたげた。

「二週間私がいなくてもやってこられたのなら、これからもそうしたらいかが?」こんなことを言わせた彼に失望していた。どうして、こうぶきっちょなのかしら。

立ち上がるとナイジェルは電気をつけた。明かりに照らし出されたリズの顔を片意地な、欲望を持った目で見おろした。

「わかっていないんだな、リズ。君はいつまでも抵抗できるわけがないんだ。いいや、黙っていたまえ。君の体に火をつけたのはこの僕だ。ちゃんとわかっている。君は否定するかもしれない。だが、君はあの夜の愛のいとなみを充分楽しんだはずだ」

リズの目は怒りに燃えていた。もっとデリケートな表現、もっと婉曲《えんきょく》に言ってくれたらいいのに……。

「そんなふうに思っていたのね！　それに、休戦だとか言っておきながら、またいらいらさせようというのね」がっかりしたようすをさとられまいとしたのが、声の調子に出てしまった。ナイジェルの表情が和み手をさしのべてきた。

「僕はばかな男かな？　君の心に無遠慮に踏み込んでしまったことに気づいていないとでも……？」

リズは彼の方を見たが、わざと視線をそむけた。

「手を握って、リズ」

感動的な一瞬だった。二人の間に張りつめた空気があった。リズは降参したかった。それなのに、さしのべられた手を無視した。

「ナイジェル、私は自分に正直ですから、降伏したふりなんかはできません。どんな男であろうと、私を御《ぎょ》そうとする人は受け入れるつもりはないの」

なにかつぶやくとナイジェルはリズの手を強引につかんだ。次の瞬間リズは彼の腕の中にいた。抵抗する体は彼にひしと抱きすくめられ、唇は彼の唇に覆われていた。

「どっちにしろ散歩はやめだ。もう遅い」

「あなたがなにを言おうと私は行きます……」

「ひとりで?」

「暗くたって怖くないわ」いきり立つリズを見てナイジェルの顔から笑みがこぼれた。

「怖いものなんてなにもないんだね?」

リズはなにか言おうと思ったが、ただ顔をそむけただけだった。リズの唇は傷つき、体は震えていた。

「なにが怖いか教えてあげようか。そうすれば、少しはおとなしくなるかい? 僕は恐怖感を植えつけることだってできるんだ。いい加減そんな態度はよすんだ。前にも言ったとおり、僕は気が短いんでね。ああ、本能の命ずるままに君をめちゃめちゃにしてしまいたい。……力ずくででも」ナイジェルは別人のようだった。黄泉《よみ》の国の神プルートがのり移ったのではないだろうか。リズは敵意も露《あらわ》に彼をねめつけた――だが、この身を走る震えはなんだろう。そして、こんな高ぶりを感じる自分がなおいっそう腹立たしく、ベランダから下に通じる階段へ身を翻《ひるがえ》した。

突然、リズの手首がぐっとつかまれ、動きがとれなくなった。

「はなしてよ！」

「君は口やかましい女だなあ」からかうような口調ではあったが、危険をはらんでいた。「僕が君を怒らせるって言うけど、怒らせるのは君のほうなんだよ、リズ。君と結婚しようと決心したとき、この娘こそ、僕と互角にわたり合える相手と思っ……」ナイジェルの唇が彼女の口に覆いかぶさった。あまりの激しさにリズは必死で逃げようとする。彼の胸の鼓動がリズの体を打ち、彼のあたたかい吐息が顔にかかる。まるで人形でも抱えているかのような軽い身のこなしで、ナイジェルはリズを抱き上げ家の中に連れて行った。

あれから一週間経《た》った。三日間ほど留守にしていたナイジェルはデンドラスのヨットでのパーティーにリズも一緒に行くことになっていると言った。デンドラスのヨットはロードス島のマンドラキのヨットハーバーにとめてあった。

「三、四日泊まることになるから、着替えがかなりいるね」

午後のお茶を飲みながら二人はラウンジにいた。ナイジェルになんとかしてたてついてみたかったが、大した言葉も浮かばない。

「私、行きたくないわ」

「一人で行くわけにはいかないんだよ、リズ」

「それなら、グレタを連れて行けばいいでしょ？」あっと思った瞬間には、もう言葉のほうが出てしまっていた。もし、彼がグレタを連れて行ったら自分はいったいどんな気持になるだろう。でも、もちろん、グレタを連れて行くはずはないわ。友達のヨットなのですもの。そんなことをするはずないわ。

「一緒に来るんだ」恐ろしいほど冷静な口調だった。「子供っぽくだだをこねたり、すねたりするのはもうやめるんだ。こんなことをしたらただじゃすまないことは、もうそろそろわかっているはずだ」

「ひきずってでも連れて行こうと言うのね。でも、私は行きません」

「島まで飛行機で行く。もちろん君もだ」ナイジェルは勝ち誇ったような自信に溢《あふ》れていた。そうなのだ。この前、彼が自信満々に、リズは彼との愛のいとなみを楽しんだはずだと言ったとき、こうなることが彼にはわかっていたのだ。リズはナイジェルに屈服していた。内心夫に反抗しない自分が不甲斐《ふがい》なく、くやしかったが、ナイジェルのいない生活なんてなんの意味もないようにも思えてきた。ナイジェルを欲しいというリズの欲望に火をつけることによって、リズを屈服させたのだろうか？　たしかに、彼女はナイジェルに欲望を感じていたのだ。

リズは今まで、誰かに愛してもらいたいと思ったことがなかった。セックスなどまっぴらだった。だが、ナイジェルが力ずくでリズのセックスの相手になりおおせると、かえって相手の強引さが新鮮で、いっそうナイジェルに惹かれるのだった。肉体的な虜《とりこ》になっているのはリズ自身なのだ。この屈辱にも、時が経つにつれて慣れていくように思えるのだ。ところが、今急に二人の関係に思いをはせたリズは、おぞましい気持に襲われたのだった。自分と夫との間には、欲望——お互いの肉体に対するあくなき渇望しかないように思われた。

あれから何日と経たないが、二人は何度か争った。ナイジェルが文字どおり自分の意志に服従させようとしたあの夜、リズは怒りにうち震えながら屈服しまいと闘った。ナイジェルにかなわぬことぐらいよくわかっていた。あの晩、リズはひときわ無力だった。ナイジェルは彼女を組みしこうと激しい欲望に燃えていた。そのうえ、みすみす屈服したくないというリズの強い意志との闘い——彼女の抵抗が彼の征服欲を完全にあおってしまったのだ。

「パーティーはいつなの?」

「まだ三週間はあるよ。準備の時間はたっぷりある」

リズはちょっと興味が湧《わ》いてきた。「あなたの友達はヨット上でのパーティーはよく開くの?」

「ヨットを持っているのはデンドラスだけだ」

「じゃあ、ほかの友達はそれほど裕福じゃないの?」

ナイジェルは首を振った。

「あなたは……ヨットを持ってみようとは思わないの？」ナイジェルにどのくらいの財産があるのかを探るための質問だった。

「買おうと思えば買えるよ。君はそこのところを知りたかったんだろう？」

リズは一瞬恥じらった。ナイジェルはやさしく続けた。「買うときには妻の財産はあてにしなくても大丈夫だよ……」そう言うとナイジェルは笑ったが、すぐ真顔に戻った。

「そう、君に助けてもらうようなことは絶対にしない。君はそれを言いたかったんだろう？」

ナイジェルの洞察力が鋭いのに圧倒されたリズは叫んだ。「なにもかもお見通しね！千里眼だわ」

ナイジェルは椅子にもたれかかっていた。彼の目は笑っていた。薄いグレーのジャケットが、深い赤のイタリアふう浮き織り錦の椅子に映えていた。

「違うね。もちろん千里眼なんかじゃない。もし僕がそうだとしたら、どうしてこうなったかわかるはずだ」

「それであなたはわからないっておっしゃるのね」

ナイジェルの目元がほころび、魅力的な笑みがこぼれ、やがてその目はリズの胸へと移っていった。

「わからないんだ」

「じゃ、もし千里眼だったら、違った行動をしていたとでもおっしゃるのかしら?」リズは引き下がらなかった。次の質問をとっくに読み取っていたナイジェルは、リズが質問を終える前から首を横に振っていた。

「違うわけがないだろう? 君はわかっているくせに。君は僕のものなんだ。君を一目見たとき、僕にはピンときたんだ。……似た者同士って言っただろう? 覚えているかい?」

ナイジェルは笑っていた。彼はよくこんな笑い方をする。

「あなたみたいにあの遺言状の不備を看破する才を持ち合わせていなくて残念だったわ」リズはつぶやいたが、これもナイジェルがどんな反応をするかを見るためだった。もちろん、リズがこの結婚を後悔していたからではない。ナイジェルの言ったことは正しかった。二人は似た者同士なのだ。そして、一生けんかしながら暮らすとしても、別れることはなさそうだった。ナイジェルが彼女を必要としているのと同じくらい、リズにとってもナイジェルが必要なことをリズは今認めていた。

「ずいぶんいろいろなことで損してきたね、僕たちは。いや、もっと利口にふるまっていればよかったなんて考えても意味ない。今さらどうしようもないんだから……」

「あなたはあの安穏で平和な生活を続けていられたのに」リズはいたずらっぽく言い返した。

ナイジェルはちょっと考えた。

「安穏で、平和で……そんな生活だったかなあ」

「ご自分でそうおっしゃったのよ」

「そうかもしれない。でも、その後、君が現れるまでの僕の人生は退屈だったとも言ったはずだよ。心地良く満ち足りた生活をしていると思っていたのに、突然なにかが起こって、今までの生活がつまらない無意味なものだったと気がつく……おもしろいもんだね」リズがいることを忘れてしまったかのように、ナイジェルは自分の思いにふけっているようだった。

「あなたの人生がつまらなかったり、無意味だったはずはないわ」ナイジェルの思考を断ち切るようにはっきりと言った。「あなたにはお金もあったし、友達もいたし……それにグレタも……」自分の中のもやもやしたものが、こんなことをリズに言わせたのだ。

「君がほかの女なら〝あばずれ〟と言うよ。どうして自分をもう少しコントロールできないんだ」

不思議なことに、言い返す言葉が出てこない。いったいこの男はリズをどうしようと言うのだろう。彼女の心まで従わせようというのかしら？　こう考えるとリズの心は明るくなった。いつか、ずっと先のことだけれど、夫にほんとうに従う日がくるような気がする。

「グレタは過去の女だ。君と僕は現在と未来だけを考えているはずだ」

「ほんとうに彼女は過去の人なのね」間髪を入れずリズが尋ねたので、夫は思わず口元をほころばせた。

「焼きもちを焼いているのかな?」

「なんて自惚屋《うぬぼれ》なのかしら! 誰があなたのめかけなんかに焼きもちを焼きますか!」

「僕のかつての愛人だ」ナイジェルは訂正した。

ナイジェルがあまり素直に認めたことにリズはたじろいだ。

とり残されたような悲しい気分になって、リズは自分の手を見た。お茶も終わっていたので、椅子から立ち上がった。

「外で本でも読むことにするわ」リズの声は心なしかかすれていた。「家の中にいるのはもったいないわ。じきに雨も降るそうだし……」リズが突然話題を変えた理由はナイジェルには明らかだった。彼は手を伸ばすとやさしく彼女の手を取った。

「リズ、グレタのことは終わったんだ」そして立ち上がると、リズにやさしく口づけをした。

9

一週間後にダニエルから手紙がきた。二週間の予定でギリシアに来るというのだ。

リズは夫への腹いせに、ばかなことを考えた自分を呪いたい思いだった。衝動的に招待し、それも宿まで引き受けてしまったのだ。そのときは、どうせナイジェルは留守がちだからと思ったのだが、今はよほどのことがないかぎり、夫は家をあけなかった。いずれは言わねばならないことだし、言い渋ってみたところで事態が好転するはずもない。リズは夫の書斎のドアをたたいた。

「おはいり」ペンを手に、彼は目の前に広げた書類に向かっていた。リズを見るとうれしそうに、座るように合図した。「なにか用？　リズ」

なんて切り出したらいいのだろうか。

「実家《さと》に帰っていたときに、友達に泊まりに来るように誘ったの」ここまで言うと夫の顔色をうかがった。

「そんなこと一度も言わなかったね。それで、彼女はいつ来るんだ？」

リズは咳《せき》ばらいをした。「ダニエル・ウェストクリフって、古い友達なんだけど……」

一瞬の静寂があった。

「友達？　恋人じゃないだろうね」

怒りがリズの体を突き抜けた。「彼は友達です。別に反対はなさらないわね」

二人とも黙った。ナイジェルの表情も怒りを抑えているためか、こわばっていた。

「反対だと言ったら？」

「残念ながら、取りやめるわけにはいきません。ヴェネツィアに二、三泊してからこちらに来ると、さっききた手紙で言って寄こしました」

「できれば断るつもりはあるのかい？」

「いいえ、私が招いたのですから――会うのを楽しみにしています」リズの表情を読むように見つめていたナイジェルの瞳がかげった。

「いつ着くのだ」

「木曜日」

「どのくらい泊まっていく」

「二週間……」

「二週間？　僕たちはあと二週間したら旅に出ることになっているじゃないか。忘れてしまったのか」

「私たちが発《た》つ前にダニエルは帰ります」

ナイジェルの目は鉄のように冷たく、唇は一文字にきっと結ばれていた。意地を通そうとしているリズもたじろぐほどだった。

「なぜ、この——君の友達という人のことを黙っていたんだ」ペンを置き、椅子の背にもたれた。「ぎりぎりまで隠しておいた裏にはどんな考えがあったのか、言ってみたまえ」

「隠していたわけではないわ」

彼がなにも言わないのを見てとると続けた。「来るとは思わなかったのよ——行くつもりはなくても、ぜひ行きたいなんて言うこと、よくあるでしょう?」

「しかし、君が誰かを招いて、その人が来るというのなら——ダニエルは来ると言うんだから——当然そのとおりになっておかしくないわけだ。どうしても、先に延ばしてもらうことはできないんだな?」

手紙を出しても間に合わないと言おうとしたが、リズはやめた。そんなことを言えば、リズが自分の非を認めることになる。

「先に延ばすなんていやだわ。楽しみにしているんですもの」

「この家は君の家なのだから、君が誰を招こうとかまわない」ナイジェルが腹を立てているとばかり思っていたリズは、あまりの落ち着いた言葉に驚きを隠せなかった。「しかし、二週間は長すぎる」

「ホテルに泊めろとおっしゃるの？　そんなことはできないわ」

「我々の旅行もあるんだ。出発前夜までいられたのではたまらない。君がちゃんと説明すれば彼もわかるはずだ」

リズは頑固に首を振った。「ここに泊まってもらいます。こっちが招待しておいて、ホテルにお泊まりくださいなんて、そんな失礼なことできないわ」

「一日、二日のことだ」やさしい口調ではあったが、動かしがたい重さがあった。

「そんな必要はありません。そうしなければならない理由はなにもないのですもの」

「旅行の準備だってある。買物、美容院にも行かなければならないだろう。いいかい、リズ、ダニエルには十日間くらい泊まってもらうがいい。しかし、それだけだ」ナイジェルは、体を起こすとペンを取った。

「一人にしてくれたまえ、仕事があるんだ」

彼の威圧的態度、ペンを取るその仕草を見てリズは血が頭にのぼる思いがしたが、踵《きびす》を返すとドアの方へ歩き出した。

「ダニエルには二週間泊まってもらいますから」

振り向きざまに言うと、ナイジェルに反論の時間も与えず部屋を出ようとした。ところが、ナイジェルは急に立ち上がり、ドアを開けようとしていたリズのその手をつかむと、乱暴に引き寄せ、わめかんばかりに言った。「いいか、気をつけるんだ。さもないと、そのダニエルとやらは玄関から一歩も入れないことになるからな。彼が来ることに全面的に反対しないだけでもありがたいと思うんだな——さっき言ったとおりにするんだ」彼は、沈んだ顔を近寄せると、今度はつぶやくように言った。「リズ、お願いだ。僕の忍耐力を試すようなことはしないでくれ。君が困ることになるんだから……」

「もしも、あなたが暴力で脅そうというなら……」

「もしもなんてどうでもいい。僕の言ったことを覚えておくがいい。気をつけないと、今までとは違ったやり方で僕の力を見せつけることになるからな」リズの顔が蒼白《そうはく》で、唇が震えているのを見て、ナイジェルは手をはなした。「怒っているのかい？　それとも、怖いのかい？」急にからかうような口調で言った。「自分ではわからないだろうけど、まるでシーツみたいにまっ白だ」

リズは体の奥では震えていたが、表面は、懸命に耐えていた。最後の抵抗として、顎《あご》をつんと上げると言った。

「指一本でも触れてごらんなさい。助けを呼びますから……」びっくりしたことに、これを聞いたナイジェルはおかしそうに笑いだした。

「誰に助けを求めるというんだい？」

「警察よ」

「君はギリシアにいるんだ。ここの警察は家庭内のもめごとには手を出さないのさ。だから、僕の忠告をきいて気をつけるんだ」そう言うとナイジェルはリズを部屋から押し出した。リズは怒りで体から湯気が出そうな気持だった。なんとか仕返しができないものだろうか——なにか効果的な仕返しが。そうだ。ダニエルだ。彼といちゃついてやればいいんだわ。そうすれば、あの横柄な自惚《うぬぼれ》屋の夫の鼻をへし折ってやることができる。

ダニエルは予定どおり、二日後に到着した。ナイジェルは慇懃《いんぎん》にダニエルを迎えた。リズの予想どおりの夫の無愛想な反応がダニエルには気になるらしい。

「僕が来たのが気に入らないのかなあ。別に焼きもち焼くタイプじゃないだろう?」

リズは首を振った。心の中ではダニエルといちゃついたらナイジェルがどんな反応を示すか興味津々だった。「そんなことないわ。ただ、自分の気持を大げさに表現する人じゃないのよ。かなり社交的ではあるんだけど、ほとんどいつも無関心を装っているの。そういう性格なのね」

ダニエルは肩をすくめた。彼とリズは庭に出てデッキチェアーに腰をおろしていた。ナイジェルは挨拶を済ませるとすぐ書斎に引っこんだままだった。

「前とはぜんぜん違う生活をしているんだね。静かすぎると思わない?」

リズは目を上げ、庭の向こうに目をやった。アポロの神殿はふり注ぐ太陽の中で永遠《とわ》の眠りをむさぼっているように見える。遠くコリント湾の水面はサファイア色の空のもと、きらきらと輝いていた。リズは首を振った。この山々には平和があり、深い静寂がある。観光シーズンも終わりに近づいた今、人はほとんどいない。冬ともなれば、人っ子一人いなくなるだろう。

「たしかに静かだわ」やっとリズは口を開いた。「でも、気に入っているの。パーティーとかお客様とか——そうした楽しみはあきるけれど……」

「君はたしか、そういうのはあまり好きじゃなかったね。だからって、こもってばかりじゃ……」

リズは頭の後ろで腕を組むと、あお向けになった。

「こもったりなんかしていないわ。たとえば、二週間くらい先だけど、ナイジェルとロードスまで出かけるわ。ヨットに招待されているの」

「二週間先？」

「あなたが発《た》つ次の日に出かけることになっているから大丈夫よ」安心させるように言った。ナイジェルが悪いのだ。あんなに高飛車な態度に出なければ、こっちだってダニエルに事情を説明する気になったかもしれないのに。

「ほんとうにいいんだね？」ちょっと心配そうだった。「二、三日早目に失礼してもいいんだよ。そうすればアテネも見られるし……」

リズはためらった。そうなれば問題はないわ……でも、けっきょくはリズが夫の言うとおりにしたと、ナイジェルは思わないだろうか。そればかりは、リズには耐えられない。

「いいのよ。ゆっくり泊まっていらして。別に不都合なことはないんだから……」

夕食の席のナイジェルは、慇懃に主人役をつとめた。ダニエルと別れて二人はリズの寝室で寝支度を整えていた。鏡台の前に座るとリズは髪にブラシをかけはじめた。ナイジェルは窓際の椅子に腰をおろしてリズに視線を注いでいた。

「二週間全部泊めるわけにはいかないって、彼にちゃんと話したんだろうね」

「話してないわ」あまりにつっけんどんな答え方に、ナイジェルはかっときたようだった。

「よく考えるんだ、リズ」冷静な口調だった。「支度に時間が必要なことは君もよくわかっているはずだ。どうみても二日はいる」

「ダニエルがいたってできます。一日ぐらいほうっておいていいと彼も言っていますし」

ナイジェルは立ち上がるとリズに近づいた。氷のように凍《い》てついた夫の意志に身がすくむ思いがする。

「こうなったら、僕からはっきり言うしかない。説明すればわかってくれるはずだ」

リズの顔は怒りで赤くなった。

「彼は私の客です。よけいなことはなさらないでください」

ナイジェルの眉が不気味につり上がった。彼はすぐそばにいた。今にもリズをつかんで、げんこつを食らわし、なんとしても彼女に言うことをきかせるのではないか……。なんという生活だろう！　でも、彼女には彼との暮らし以外にはなんの興味もなくなっていた。絶え間ない言い争いにもかえって妙に心がときめくのだった。ナイジェルは自信に溢《あふ》れ、愛する男としては非の打ちどころがなかった。鏡にうつったナイジェルに、リズは思いのたけをこめた視線を注いだ。リズは今なら彼の言うまま夫に従えるような気がした。いつになく、やさしい思いが胸に溢れ、息をこらし期待に胸をときめかせているのだ。白い透けるナイロンのナイトドレスをまとい、美しい髪は金色の滝のように、リズの輝いている素肌へと流れていた。ダニエルもけんかの種もいつしか消えて、今この一瞬はリズとナイジェルのものだった。夜のざわめきと甘く重い香り……。ばらのシェードをかぶせたランプからは、ほのかな光がいっそうムードを盛りたてていた。濡《ぬ》れた瞳で、リズは夫にほほ笑みかけた。軽く開いた唇は震えていた。リズはヘアブラシを置いた。服従してしまおうか……リズはためらっていた。

ナイジェルが息をのむのが聞こえた。リズの興奮は高まり、振り向いてナイジェルを見上げた。ナイジェルの視線は彼女の視線とからまり、そして、ゆっくりと下へおりていった。つと彼の瞳が何事かたくらむように輝き、口元に笑いがこぼれた。

「また明日の朝話すことにしよう」気だるい、退屈そうな表情だった。リズはどきっとしたが、夫の次の言葉でおかしいほど傷ついた。

「疲れた。君も疲れただろう。おやすみ。よくやすむんだよ」

ほんとうにナイジェルがそんなことを言ったのだろうか？　一人にして行ってしまうのだろうか。ほんとうとわかるとショックはつのった。

「おやすみなさい」そう答えるのがやっとだった。今まで、これほどの失望を味わったことはなかった。ブラシを手に取っていじくりまわしながらリズは唇を噛《か》んだ。その唇から押し出すようにやっと、「そうね、私も疲れたわ」リズの声は震えていた。ナイジェルが吸い寄せられるように近寄って来た。

ナイジェルはリズの額《ひたい》と頬に口づけをした。そしてからみ合った視線を断ち切るように、背を向けると出て行った。ナイジェルはどんなことがあっても自分の気持を見せまいとしているのがリズにはわかっていた。リズは閉まったドアを見つめていた。涙でくもった自分の目が信じがたかった。

ナイジェルはリズに警告したとおりに、自分の口から客に話をした。リズは二階の自分の部屋にいてその場には居合わせなかった。しばらくして二人のいる中庭《パティオ》に出て行くと、リズはナイジェルを一瞥《いちべつ》した。彼は無関心を装い、ダニエルとの話を続けていた。リズはすらりと伸びた脚を組んで腰かけた。ダニエルに向けられていたナイジェルの視線が、つと空を射た。妙にうれしそうな夫の調子にリズは頬を赤らめた。まるでなにか実験をやっていて、それが成功するのを見届けるようなようすだった。なんて不可解な人なんでしょう。あの人の頭の中を探れさえしたら……。まったく、しゃくにさわる人だわ。今朝の彼のほほ笑みは、いつにも増して人をばかにしたものだった。

「ナイジェルが、実のところ二週間全部泊まってもらうと困ると言うんだ」ダニエルが愛想よく言った。彼は二、三日首都観光をするチャンスにもなるのでむしろ好都合と考えているようだった。「こんな遠くまで来て、アテネを見ないで帰るのも残念だし……。だから木曜日じゃなくて火曜日に発つことにするよ」

ナイジェルと目が合った。リズは、また彼の目が彼の勝ったことを告げているようで、思わず唇をぎゅっと結んだ。しかし、ダニエルの前で口争いをするわけにはいかない。それなら逆にリズはダニエルといちゃついて、ナイジェルに恥をかかせてやろうと意を決していた。

四、五日間はナイジェルは気がつかないようだった。わざと気づかないふりをしているのかもしれない。無表情な仮面の裏にすべてを隠してしまうので、なにを考えているかはわかるべくもなかった。

ナイジェルはずっと自分の部屋に閉じこもったままだった。リズはそのことが腹立たしく、またそれで、傷ついた。こんなふうにダニエルといちゃつくリズにすっかり嫌気がさしているのではないだろうか。なんとかしてナイジェルの気を惹《ひ》きたかった。しかし、彼は相変わらず無関心で気だるそうで——ぜんぜん焼きもちなど素振りにも見せない。そして、ちょうどダニエルが来て一週間経《た》ったころだろうか、ナイジェルは二、三日アテネに行くつもりだと言いだした。

「グレタはいるの？」

「そうだな。いるよ」あくびをしながらの返事だった。ダニエルは神域を見に出かけていて、テラスには二人だけだった。

「彼女に会うんでしょう？」口が滑った。別にきくつもりはなかったのに……。

「そのとおり。会うよ」ばかにしたような、からかうような視線をリズに向けた。リズの目は突然火がついたように燃えたが、気がつかないうちに泣き出しそうになっていた。ナイジェルがそれに気がつくはずもなかった。リズがなにか切り出すのを待っている彼の目はいつになくもの問いたげだった。

「楽しんでいらしてね」最後は消え入るように、そして、わざと気を惹くようにゆっくりとつけ加えた。「私は私で楽しませていただきますから……」

灰色がかった緑の目がきらっと光った。虚勢をはっているつもりのリズも不安でいっぱいだった。こんな駆け引きをしているうちに、いつかやりすぎてしまうのではないかしら。そうに決まっている。でも、ナイジェルのせいだ。重そうに瞼《まぶた》を伏せると、ナイジェルは語尾を引いた特有の口調に戻った。

「近ごろ、結婚している夫婦がそれぞれ別のパートナーと遊ぶのがはやっているらしいね。

利口なやり方だと思わないか？ 倦怠《けんたい》感の予防にもなるし。息抜きをしてそれぞれの配偶者のところへ新鮮な気持で帰れるというわけさ」リズの驚いたようすにナイジェルは高笑いをした。リズの握りしめたこぶしが見えた。「どうかした？」まだ笑っている。「君はそうしたやり方に賛成のように思うのだが……」

さっきリズがほのめかした言葉を逆手に取ってからかっているのだ。リズがダニエルという脅しは、ナイジェルにはむだだった。かえって、リズのほうが逆ねじを食わされてしまった。もっともグレタのことを持ち出したのはリズだったが……。ナイジェルがけだるそうにあくびをした。リズはかっとなった。

「そんなに退屈なら、私と一緒にいらっしゃることはないでしょう？」

一瞬の沈黙のあと、氷のような冷たさでナイジェルはちくりと言った。

「君はイギリスの貴族の出かもしれないけど、君のマナーは、まだまだ問題があるね」

謝らなければならないのはリズのほうだということはよくわかっていた。それなのに、リズの胸は、突然、傷つけられたという思いでいっぱいになった。これまで過ごした愛のいく晩かを思うと、ナイジェルがグレタに会うなどということは、どうしても考えられなかった。いくらナイジェルがギリシア人でも、そんなことはよもや信じられなかった。もしかしたら、ナイジェルは、リズのしかけたゲームでリズに一杯くわしているだけかもしれない。そう考えると、そのことがしゃくにさわった。そうだとすれば、それはまたナイジェルが一枚上手《うわて》だと言うことを証明する結果になるからだ。

「あなたが、ひとのマナーにクレームをつけようなんて思ってもみなかったわ」リズは反発しないではいられなかった。

ナイジェルは顔を上げた。人をばかにしたような目つきだ。リズの皮肉にもまったく動じていない。

「もうちょっとましなことが言えないのかな。もっと独創的なことを……」リズは黙っていた。頭にはグレタのこと――グレタがナイジェルとアテネの町にいる光景――しかなかった。「いつになったら、その仕返しをする癖がなくなるんだろうね。もううんざりだ。それに時間のむだだ」

ナイジェルの言葉と口調が微妙にリズに何事かを訴えている。彼女はそれとわかりながら、顔をそむけた。もし、リズがこの攻撃的態度を改め、女らしく、そして従順にさえなれば、二人はうまくやっていけるとでも言おうとしているのだろうか？　彼女を愛しているということかしら？　それなら、なぜこの二、三日、リズをベッドへ誘わないのだろう？

「ほんとうにグレタと会うつもりなの？」心のあせりを隠しきれず、声が震えていた。そして、彼をじっと見つめ〝会うつもりはない〟と言ってくれと心から祈った。彼の口からなかなか返事は出てこない。

「グレタと僕はアテネで会うことになっていると、君にもう言ったはずだ」ちょっと間を置いて続けた。「僕の留守を喜ばないのか？　僕がここにいたんじゃ、ダニエルのおもてなしの邪魔だろう」

リズの顔は見る間に蒼白になった。暗くかげった瞳は訴えかけるように柔らかい光を帯びていた。

「ダニエルと私の間はなんでもなかったし、今もなんでもないことはよくご存知のはずよ」

「君は僕が焼きもちを焼かないのが気に入らないんだな」

「愛のないところに焼きもちはないわ」リズは静かに言った。ナイジェルが同意するかのように、かすかにうなずくのを見たリズの心は震えた。この男はなにを望んでいるのだろう。愛？　そうなのだ。今はたしかに自分はそれを望んでいる。そして、尽くしてくれること？　謙遜？　私は自分の強い性格で彼をリードしたいと思っているのだろうか？　こんな考えを起こした自分に苦笑いをすると首を振った。

ナイジェルは古代の戦士のように、どんな強敵にも屈服させられることのない不屈の精神、筋金入りの強さを持っているのだ。そんな彼がリズは好きだった。ついにリズも認めざるを得なかった。リズは今のままのナイジェルでいてほしいのだ。そして、もし二人の間に主従の関係があるとしたなら、主《あるじ》は、もちろんナイジェルだった。

「君の言うとおりだ、リズ。愛のないところに嫉妬《しっと》はあり得ない」からかっている調子にリズは息をのんだ。からかっているのだろうか？　ほんとうは自分を愛してくれているのに、私のほうから服従すると申し出ないかぎり、愛を告白しないつもりなのだろうか？　リズには耐えられなかった。顔を上げると彼に鋭い視線を投げつけた。「そう、二人とも合意のうえっていうわけね。あなたはグレタのところへ行く、それならそれで、私はダニエルと情事を楽しむことにしようかしら。相手を替えれば二人の関係も新鮮味があっていいかもしれないわね」リズは立ち上がると、家の方に大股《おおまた》で歩いて行った。そのあとからナイジェルの笑い声が、蝉《せみ》しぐれに混じって響いてきた。その笑いは楽しそうな、勝ち誇った満足感に溢れていた。

無関心を装ってはいたものの、ナイジェルはリズとダニエルが出かけるときにはたいてい一緒に来た。もちろん、客に対する礼儀上、彼がそうしているとも言えるが、ナイジェルは、ことダニエルに対して礼儀正しくふるまおうなどと思っているはずもなかった。ナイジェルはなにくわぬ顔をしているが、実は嫉妬しているのではないかと思えるときがあった。

ダニエルが来る少し前、ナイジェルとリズはデルフィのふもとの小さな村の結婚式に招待を受けていた。式の前の二、三日は準備期間で、招待客はその間に一度、顔を出すことになっていた。しかし、ナイジェルとリズは式の当日だけ出かけて行くことに決め、ダニエルを誘った。

「僕は招待されていないし……。いいんですよ。二人でいらしてください」

「五、六百人くらいの招待客が来ることになっているのだから、一人や二人増えたところで、どうっていうことはないと思うんだが……」ナイジェルは穏やかに言った。

「五、六百人もですか？」信じられないというようすでダニエルは声をあげた。

「村の全員が招かれるんだ」

「それにしても、招待されてもいないのに行くわけにはいきません」

「新婦の家族はあなたが来てくれたら喜ぶよ。結婚式の客は多ければ多いほどいいのさ」

ダニエルには理解できなかった。「費用のことだってあるでしょう」

「ギリシアでは結婚式は、金に糸目をつけないんだ。それに食べ物は村の人たちが持ち寄るから大した出費にもならない。もし、今日行けばパンを焼いているのが見られる。オーブンは家の外にあって子豚や鳥を焼くんだ」

ダニエルはとうとう行くことに同意したものの、お祝いの品がないと言った。

「それじゃ、花嫁の衣装にお金をピンで留めてやればいい」ナイジェルが提案した。

「そんなことしていいんですか？」びっくりするダニエルにナイジェルはうなずいた。

「花嫁もお金でもらったほうがいいだろう」

「花嫁、花婿の両方をご存知なんですか?」リズもナイジェルも首を横に振った。

「聞いたこともない!」

ダニエルのびっくりした表情にナイジェルは笑って続けた。「みんな招かれることになっているんだ」

翌日、彼らはダニエルにいろいろなものを見せようと早目に家を出た。オーブンはフル回転中だった。焼きたてのパンやケーキの香り、鳥や豚の焼けるにおいがたちこめていた。花嫁の家の外では、笑いと歌と踊りの渦の中、ある儀式が執り行われていた。マットレスが美しく装飾され、小さな男の子がその上で跳びはねていた。

「子宝に恵まれるように願っているのさ」にやっと笑って、ナイジェルはリズに説明した。

「どうして男の子なのかなあ。特別な意味でもあるんですか?」

「おおあり。子供は男の子に限ると思っているのさ。男の子なら持参金の心配がないからね」

「ギリシアでは今でも持参金があるのですか?」

「ギリシアだけじゃないよ。東方の国はほとんどどこにでもある」

「信じられないな」

「そんなことない、慣習だからね」ナイジェルは突然皮肉をこめた口調になった。「東方は西欧みたいに進んでいないんでね」人々はマットレスの上にコインを投げていた。これは新しく結ばれた夫婦が苦労することのないようにとの願いがこめられている。「でも、進んでいるってどういうことなのだろう。進歩が行きつくと、どんなことになるのだろうか」

短い、しかし、なんとも居心地の悪い沈黙が続いた。とうとうリズがその沈黙を破った。「こういう慣習っておもしろいと思うわ。素朴な趣と言うのかしら」リズの声はなめらかに快く響いた。すると、ナイジェルは急にくるっと向きを変え、リズを見つめた。彼の目はなにかもの問いたげだった。

「素朴さは君には縁がなかったね」彼はつぶやくように言った。その口調は答えを要求しているようでもあり、拒否するようでもあった。ナイジェルは彼女の視線に夢みるような、落ち着かない表情を見た。

「だからいっそう新鮮に感じられるんだわ。あなたの国の慣習って素敵だわ、ナイジェル。そして、ここの人たち、皆とても誠実で親しみやすくて……」

「ぼくの国の人か……」ナイジェルがつぶやいたのをリズはふと耳にしたような気がした。もしかしたら、ナイジェルは混血ではなく、完全なギリシア人だったらと考えているのだろうか。

マットレスには今度はきれいな衣装が広げられていた。花嫁衣装だ。そこへ花嫁の父が現れ、マットレスをくるくる巻くと、肩にかつぎ、家の中へ入って行った。あとに二十人もの花婿介添人が続いた。しばらくすると彼らは出て来た。そして、そのあと、コウンブーリと呼ばれるこれらの介添人は花婿の父の家の庭で、ひげをはやした司祭が花婿のひげをそるのに立ち合うのだった。その間に花嫁の介添人たちは花嫁に衣装を着せ、式の準備を整えていた。

やっと行列の準備が整った。花嫁介添人と何人もの女の子たちは幅広のリボンの飾りのついた大きなろうそくを持ち、笑いながら行列の先頭に立って、教会へと歩いて行った。式が始まると、長いリボンが花婿の介添人たちに回され、彼らのひとりひとりがそのリボンに署名した。そのあと、笑いではち切れんばかりの司祭を間に、花婿、花嫁の記念撮影が行われた。結婚式を司《つかさど》れば、かなりの額のお金がふところに転がりこむのだから、司祭の顔がほころぶのも当然のことであろう。

行列が教会から戻るころ、太陽のふり注ぐ村で宴が始まった。花嫁の持参金で建てられた新居の庭にはテーブルがしつらえられている。

三人は、何度も泊まっていくように誘われた。

「近くに住んでいますから」と言うナイジェルに、それでも泊まっていけとしつこく勧めるのだった。やっとのことで車に乗り、山越えの曲がりくねった道をカストリへ向けて出発した。村の人たちは叫びながら手を振っていた。その賑《にぎ》やかな声と、村の四つ角の大きな木の下に陣取ったバンドの奏でるブズーキのメロディーとが三人の背後に響いていた。

10

ナイジェルがアテネに行ってしまってからの日々が、これほど空虚なものとはリズには信じられなかった。イギリスの実家に帰っていたときにも寂しい思いをしたが、今はそのときの比ではなかった。ベッドルームから下をのぞくと、ダニエルが芝生の上に寝そべっているのが見えた。サングラスをかけて、明るい空を見上げている。片時もリズから目を離さず、ダニエルと二人だけにしないように気を配っていたはずのナイジェルが、どうして思いたったようにアテネに出かけたのだろう。

今朝、実にさりげなく、皮肉たっぷりのほほ笑みを残して出かけてしまったのだ。リズは呆気《あっけ》にとられ、がっくりした表情を隠せなかった。自分の心が読まれているのはリズにはわかっていた。それもかまいはしない。ナイジェルがグレタに会いに行くと思うと、ナイフで肺腑《はいふ》をえぐられるようにつらかった。やめて……。心の隅ではわかっているのだ。リズがプライドを捨ててナイジェルに行かないでと頼みさえすれば、こんな目にあわずにすむということを――。

プライドが邪魔しているのだ。自分がそうしてナイジェルに頼んでいるシーンを思い浮かべてみても、自分にできないのは目に見えていた。どんなことがあっても、自分から行かないでと彼に頼むことなんて金輪際《こんりんざい》できそうもない。

なんということだろう。もし、結婚生活をうまくやっていくつもりならば、二人のうちのどちらかが譲らなければならないのは明らかだった。ナイジェルが譲るはずもない。こうなったら一生、こういう行き詰まった状態で暮らすのかしら……。

深いため息をつくと、リズはダニエルのところへおりて行った。

「うまくいかなかったみたいだね？」

「なにが？」

「君はナイジェルに焼きもちを焼かせようとしていたんだろう？　でも、彼はぜんぜん焼いたりしていないね。そうでもなければ、僕たちを二人にして出かけてしまうはずはない」

リズはかっときた。ダニエルなんて招《よ》ばなければよかった……。

「なんのことかしら？　どうしてナイジェルに焼きもちを焼かせようとしていたなんて思ってるの？」

「見え見えだったよ」リズの驚いた表情を見て笑い声をあげたダニエルは、さとすような口調で続けた。

「リズ、おこるんじゃないよ。ただ事実を述べただけなんだ。君が正直に自分の心にきいてみれば、僕を利用するつもりだったことを認めるはずだ。どうしたっていうんだ。うまくいっていないの?」

「私たち二人がどうして結婚したか知っているでしょう? あの遺言のことは皆が知っているわ」

「知っているさ。でも、グレイスの家で会ったときに、君が結婚したのはそれだけじゃないように僕には思えたよ」

リズはふっと息を吐いた。「このことについては話したくないわ」

ダニエルは肩をすくめた。「悪かった。話題を変えよう」

しばらくして、スピロが訪ねて来た。男同士で勝手に話をさせて、リズは椅子に沈み込むような格好で耳を傾けていた。

スピロは夜中までいたが、十一時半ごろ、ダニエルはもう起きていられないと言って退出した。

「気候のせいかな?」と言いわけしながらダニエルが行ってしまうと、リズとスピロはテラスに二人きりになった。

「客がいるというのに出かけてしまうなんて、ナイジェルはどうかしてるよ」スピロは不思議そうにリズの顔をのぞきこんだ。

「なにか大事な用でもあるんでしょう」そう言いつつも、グレタのことが頭に浮かび唇を噛《か》みしめた。アテネでのナイジェルとグレタ……表情に出ていはしまいかとうつ向いた。

「一日二日で帰って来るはずよ」時間が短ければ、ガールフレンドと過ごす時間も少ないはずだと自分に言いきかせる意味もあって、リズは慌てて言葉を継いだ。スピロはいつものように肩をすくめた。

「わかんないな」首を振りながらつぶやいた。「もし僕だったら……」スピロはリズと目を合わせた。「君を一人にしておけない……。ダニエルと二人だけにして出かけるなんて気にはとてもなれないな」

スピロの頬が急に紅潮したのを見て、リズは彼の不器用さにほほ笑みを禁じ得なかった。

「私は信用できないっていうの？」

「そんなつもりじゃない……。もちろん、君のことは信用しているよ」

「それじゃなぜ、ダニエルと二人だけにしておけないなんて……？」リズはやさしく尋ねた。

「リズ、君はほんとうにきれいだ」スピロは熱くなってきた。スピロと面倒くさいことになるなんて困る。でも、こうしてスピロが大胆なことを言うのも、ナイジェルが私のことを愛していないと知ってのことなのかしら？

「ナイジェルは仕事があるのよ。結婚しているからって、仕事をないがしろにするわけにはいかないじゃない？」

「でも、君も一緒に行けばよかったのに。前は一緒に……」スピロの顔はますます紅潮していた。

「グレタのこと？」

「そう、グレタのことなんだけど……。君はもう知っているんだから、かまわないだろう」彼はあきらめたように言った。「リズ、不思議なんだ……」

「さっき言おうとしたことでわかったわ」

「もし、今グレタがデルフィにいるって知らなければ、当然二人が一緒なのかと思うところだよ」

リズは口もきけなかった。沈黙が続いた。

「グレタはこっちに——デルフィにいるの？」

「そうだよ」彼はふとなにか思い当たったように口をつぐんだがすぐに続けた。「リズ、まさか！　やめてくれよ。前にも言ったとおり、ナイジェルは君を裏切るようなことはしない。まさか彼とグレタが一緒だなんて考えていたわけじゃないよね」

リズの口元に勝ち誇ったような笑みが浮かんだ。「もの覚えが悪いのね、スピロ。たった今、あなた自身が言ったでしょう。もし、グレタがここにいることを知らなければ、あなただってナイジェルとグレタは一緒だと思ってしまうと言ったじゃないの」

「たしかに言ったよ。でも別に深い意味はないんだ」スピロはおどおどしていたようなので、リズはこれ以上深く追及しないことにした。たった今、スピロから聞いたニュースで頭がいっぱいだった。ナイジェルはリズが真相を知るはずがないとたかをくっていたのかしら……。リズの仕掛けたゲームにうまくのって逆手をとったかに見せて……。今度という今度は失敗したんだわ。彼が帰るまで待とう。もうとっくに知っていますよ、と自分のほうから言ってしまおうかしら？　いや、黙っていたほうがおもしろそうだわ。

ナイジェルは昼食前に戻った。ということは、アテネを朝かなり早く出発したことになる。二晩いなかったが、正味一日半しか留守にしていない。ベランダに出て来たナイジェルに、リズはからかうような詮索《せんさく》がましい視線を送った。彼はすぐにダニエルとはうまくやっているかと尋ねた。

「とても……」ナイジェルをじろじろ見ながら言った。「グレタとはお楽しみだったんでしょう？」

ナイジェルはうなずいた。「これまでになく楽しかった」リズにほほ笑みかけた。

「それで……とても新鮮な気分でお帰りになったというわけね？」

「そのとおり」相変わらず皮肉っぽい、からかうような目つきだった。「君はどう？」彼は笑っていた。

私だっておかしくて仕方がないんだと知らせてやりたいものだわ。でも、言ってしまったら、それでこの楽しいお遊びも終わってしまう。こんなゲームなら長く続いたほうが楽しいわ。

「まあまあ、というところかしら、もうしばらくいらっしゃらなくてもかまわなかったのに」

ナイジェルは笑ったかと思うと、あっという間にリズを抱きしめた。「こいつめ！　いやなやつだな、おまえは！　そんなことばっかり言っていると、今に手が出るぞ」とは言いながらも、彼はリズにキスした。息がつまるほどのキスだった。リズが息をつこうとしているその間にも、ナイジェルはきつく抱きしめ、楽しそうにリズを見ていた。「寂しかったかい？」

突然の思いがけない質問だった。リズは顔を上げ、唇からまさに言葉が出ようとするその瞬間、ナイジェルがさえぎった。「嘘《うそ》はつかない」彼の唇が覆いかぶさる。「君は僕がいなくて寂しかった。これから先も僕が留守のたびに寂しい思いをするはずだ。認めるんだ」リズの体をやさしく揺さぶった。「鎧《よろい》を脱いで降伏するんだ」

「けんかができないのは寂しかったわ」甘い声で答えた。「あなたの尊大な、うぬぼれの強いご高説も聞けなかったし。とても平穏だったわ。今も言ったでしょう？　もうしばらくいらっしゃらなくても結構だったのに……」

「嘘だ！」

「嘘なんかじゃないわ！」

リズの腕をつかんだナイジェルの手はリズを体から離した。咎《とが》めるようにリズを見つめた。「嘘じゃないんだね？」彼の口調はやさしかった。彼の暗い瞳はまだリズをじっと見つめたままだった。とうとうリズのほうが顔を伏せてしまった。「それじゃ、僕がまたアテネへ戻ってもいいんだね。実際のところ、書類を忘れて取りに帰って来ただけなんで」ゆっくりと、一語一語がはっきりしていた。リズの顎《あご》をやさしく持ち上げると目を合わせた。「ロードス島に行く二、三日前には帰れると思う」

リズは足元をすくわれるような失望感に襲われた。なんてばかなのだろう。書類を取りに来たというのがたとえ嘘でも、リズには夫を引き止めるだけの魅力がないのだ。夫はリズから手を離すと、中に入った。彼の言っていることはほんとうかしら？　ナイジェルのような几帳面《きちょうめん》な人が大切な書類を忘れるなんてありそうもない。リズは考えれば考えるほど、ナイジェルが腹立ちまぎれにまた出かけると言ったにちがいないと思えてきた。それにしても、もし必要がなければわざわざ出かけることもないだろう。ナイジェルがグラスを手にベランダに戻って来た。

「いつアテネに戻るの？」自分の頑固さと、わずかな譲歩もできない自分がやりきれなかった。

「午後遅く」うんざりとした表情でナイジェルは答えた。ダニエルがちょうどシャワーから戻って庭に出て来たので、リズは夫のそばを離れた。彼女の足どりは重く、それを見たナイジェルは満足げにほほ笑んだ。

グレタと一緒でなかったのは、ナイジェルがリズの画策を逆手にとって裏の裏をかいてやろうとしているのだろう。ナイジェルはダニエルとリズとの関係などまったく気にしていないようすだった。ナイジェルはリズのしていることをすべて見通しているのだから、図にのってよけいなことなど言わなければよかったのだ。この恋のさやあても急速につまらなくなってきていた。自分が夫を愛していることは認める。今のままの彼を愛していることもすんなり認める。ナイジェルはリズを愛していたからこそ結婚したのだという確信が生まれていた。グレイスの言ったとおりだ。実際、それしか考えられない。それが今になってわかった。こんなふうにリズを残して出かけるのも、寂しい思いをさせて、思いをつのらせようという魂胆なのだ。そうにちがいない。リズが寂しい思いをすれば彼を愛している証《あかし》になる。ナイジェルはそう思っているのだ。どうも解決法はひとつ、すなわち、リズの側から全面的に、そして、完全に降伏するしかない。それ以外はナイジェルは受け入れそうもないし、そうなるまで、ナイジェルはどんな代償を払っても、このじらし作戦を続けるだろう。それでも私は男に懇願するような真似《まね》はできない。死んだって自分から降伏するなんていやだ。

飛行機は日の光の中、宝石のようにまばゆく光る島の散在するエーゲ海上空を飛び、ロードス島に向かっていた。ナイジェルはほとんど口をきかない。窓から下を眺めるリズの脳裏にいろいろの思いがかすめ去る。長い間愛し、自分の一生を犠牲にしてまでも保持したいと思った故郷のカーリントン館《ホール》、それに比べればずっと小規模なナイジェルの美しいヴィラを思い浮かべた。熱帯樹に囲まれ、そびえ立つパルナッソスとオリーブ畑の広がるアンフィサ高原をはるかに見渡す山の斜面の美しい家。

飛行場からはマンドラキのヨットハーバーまでタクシーで行った。目指す大きなヨットはすぐ見えた。

「素晴らしいわ」夕食に出る支度をしているとき、リズは言った。それぞれ夫婦が使えるのはキャビンが一つというのもうれしかった。というのも突然アテネに出かけたあの晩以来、ナイジェルは一度もリズの部屋を訪れようとはしなかったからだ。二人が別の個室をあてがわれたらと心配でたまらなかったのだ。

「すっかり気に入ったようだね」冷淡な口調ではあったがナイジェルはほほ笑んでいた。

「いずれ、こんなヨットを買おうかと思っているんだ。そうすれば島めぐりもできるし」

リズの目は輝いた。

「素敵！」リズがくるっと背中を向けると、ナイジェルはごく自然に彼女の服のファスナーをあげた。その手は首のところでとまり、そして、喉《のど》の方へと動いていった。そして、リズの向きを変えさせた。二人の目が合った。

「きれいだよ。リズ」ナイジェルの目はやさしかった。リズがここで彼の胸に飛び込んでいけばすべてのいさかいは終わるのが、リズにもよくわかっていた。だが、リズにはできなかった。そんなことをすれば、ナイジェルはあのからかうような皮肉をこめた笑みをもらすだろう、それはナイジェルの勝ちを宣言するようなものだ。どんな大きな犠牲を払わされるかしれない。リズはいくぶん硬直したように立っていた。その姿には、絶対に自分のほうからは折れないという決意が表れていた。ナイジェルは小さくため息をつくと、リズの頬に軽くキスをした。そして、ハンカチを取りに引き出しの方に歩いて行った。

乗客は十人だった。その中にはアネット夫妻、クレア夫妻もいた。皆リズに会えたことを喜んでいた。食前酒が出された。いつの間にかイギリス人三人で会話に打ち興じていた。話に加わりながらも、リズの視線はしばしばナイジェルの方に走っていた。ナイジェルは相変わらずギリシア人の何人かとカクテル・バーのところで話し込んでいる。しばらくすると、リズに見られているのに気がついたナイジェルは、ちらっと彼女の方を見た。リズは、ほほ笑み返そうとしたその瞬間、以前にも同じように心が騒いだのを思い出した。しかし、今回のほうがずっと強い衝撃だった。

夕食後、何組かの夫婦は渚《なぎさ》を歩いたり、ほかの楽しみを求めてヨットを降りた。他の組とは別に、ナイジェルとリズも出かけた。

　二人はニュータウンを抜け、公園の方へと歩いて行った。そこはイタリアが占領していたころ造られたものだった。花を愛するイタリア人らしく、木と花でいっぱいだった。ローデンドロやハイビスカスもあった。小道に投げかけた熱帯樹の影が樹木のそよぎとともに揺れた。

「あそこに城がある」ナイジェルが指さした。公園はそこで終わり、雨風にさらされ蜂蜜のような色をした石灰岩の塔がたくさんそびえ立っていた。有名なエルサレムの聖ヨハネ修道会に属する騎士団の砦《とりで》だった。騎士たちの中には十字軍戦士として歴史に残る人物もいた。二人が砦に近づくとちょうど灯明がつき、光の中に古い建物全体が浮かび上がった。

「音と光のスペクタクルが始まるんだ。聞きたいかい？」リズは興味深そうにうなずいた。

「ところで何語でやるのかな？　英語かフランス語かギリシア語なら大丈夫だな」

「ギリシア語だったら、あなたが訳してくださるわね」

「光栄の至りさ」あたりが暗くてよかった。さもなければ、リズの目にあたたかいものが溢《あふ》れそうになったのを気取《けど》られてしまっただろう。

　たまたまその晩は英語の日だった。ナイジェルはリズの腕をしっかりと引き寄せて、入口の愛想のよい男に入場料を払うため進んで行った。

　スペクタクルが始まるには、まだ十五分ほど間があるためか、古城の庭を散策している人たちもいた。やしや松、ハイビスカス、ばら、そしてポインセチアが満開だった。小声で話す人々の声に混じって、オリーブの木の葉からこおろぎの声が聞こえてきた。リズは、この美しい国が経てきた時の移り変わりを思った。アレキサンダー大王の息子、アンタゴナスの時代からローマ人による統治、さらにビザンチン時代——この間に十字軍騎士による統治も入るのだが——と歴史の流れに思いをめぐらしていた。十字軍の騎士たちはスレイマン皇帝の率いるオスマントルコ軍に攻撃され敗れ去ったのだ。その後、イタリア人がやって来て、ロードスを緑の多い島にした。

リズとナイジェルは黙ったままだった。しかし、その沈黙は、すべての自然が眠りにつき、あたりに快い香りのたちこめる夜のしじまのような、あたたかい沈黙であった。リズは内心のときめきを隠すようにあたりを見まわしていた。ナイジェルを見るだけで心が躍った。リズは、ナイジェルの肩ぐらいまでしかない。あたりの人より首ひとつ高いのではないかと思われた。それでいて、羽でもついているかのようにナイジェルはしなやかに立ちふるまっていた。実に軽やかだが、リズの肘《ひじ》を支える腕の動きをとおしてその強靱《きょうじん》な肉体がリズに直接伝わってくる。もと来た道を戻り、内庭に行くと、彼は彼女の手をしっかりと握った。中庭には見せ物芝居のために椅子が半円形に並べてあった。リズは彼のぬくもりを感じ、唾《つば》をのみこんだ。こんなに彼を望んでいるのに、どうして自分の気持を抑えなければならないのだろう。ばかげているわ。リズ自身にもそれはよくわかっていた。

自分から折れることさえできたら……それとも、ナイジェルが持久作戦をちょっとゆるめて、一歩でも歩み寄ってさえくれたら……。

腰をおろすと、ライトが城の一部を照らし出し、次々と光の輪を広げていく。城は深い赤銅色から金色へ、そして深紅から桜貝のような淡いピンクへと変わっていった。人の声がまるで昔日の栄光を呼びさますように響いてきた。ライトは城の上方の一部屋を照らし出した。まるで騎士たちが寄り集まって話し合っているのが見えるようであった。

「想像力って大したものね」リズは城を夢みるような目つきで見上げた。ナイジェルはうなずいた。

「音もライトも実に効果的だ。いつ見ても楽しい。この間もアテネでアクロポリスに行ったんだが……」彼はふと語尾をにごした。彼らしくないわ。リズはひそかにほほ笑んだ。そして、いたずらっぽくこう言わずにはいられなかった。

「グレタと一緒に、でしょう?」

答えはない。

「素敵な夜をだめにしようというのかい?」

リズはどきっとした。

「ごめんなさい」ごめんなさい……言った本人も、ナイジェルも驚いた。城からの声が響いている。偉大なる元首ヴィラーズが騎士を集め、トルコの王サルタンの攻撃は長続きしないからと檄《げき》をとばした。次に、スレイマンが自らの軍隊を解散する声が続いた。ライトが塔の上方の別の部屋を照らし出す。騎士が二名、そしてアルバニア人の裏切り者とがスレイマンに騎士軍団の弱味を密通する。フィナーレは素晴らしかったが、悲しいものだった。降伏を余儀なくされた騎士たちは、聖ヨハネ修道会の門のところで白旗を揚げた。そして、最後のシーンは開城した騎士団が、勝ち誇ったトルコ軍の前を島から出て行く場面であった。このトルコ人がその後四百年この国を治めたのであった。

光と音のスペクタクルが終わり、観客が動き出してからもしばらく、リズは座ったままだった。

「素晴らしかったわ。でも悲しい話ね」リズの言葉に横を振り向いたナイジェルの顔に穏やかな笑みが浮かんでいた。

「悲しい結末になるのは知っていただろう?」リズは何も言わずにうなずいた。「悲しい結末は嫌いらしいね」

「現実的にならなくちゃね。結末はたいてい悲しいものよ——長いお話は、ね」

「そんなことないさ」ナイジェルは立ち上がると、リズの立ち上がるのを待ち、腕を組んだ。

ヨットに帰ってみると、デンドラス夫妻しかいなかった。ほかの人たちは皆ダンスをしに行ったり、ホテルに飲みに、あるいはショーを見に行ってしまったらしい。

「いい人たちばかりね」リズは夫にささやいた。「自分たちの好きなようにしていても誰も気にしないし」

ナイジェルはうなずいた。そして、しばらくの間二組の夫婦はおしゃべりをしたり、港の灯を眺めたりしながらデッキにいた。

皆が戻ったのは真夜中近くだった。暖かな夜気に誘われるように、デッキで一時間ほどおしゃべりを楽しんでおのおのの夫婦はキャビンに引きあげて行った。

キャビンに戻ったリズはナイジェルにほほ笑みかけた。二人になれて心がうきうきしていた。リズを避けようにもナイジェルの行き場はないし、今夜こそは自分が彼を愛していることをどうにか知らせよう。そうすれば、ナイジェルも歩み寄ってくれるだろう。リズはナイジェルが先に意志表示をするまではなんとしても自分の気持を明かすまいと思っていたがもうそんな片意地は消えていた。彼に今のままの彼であってほしい。リズはまたほほ笑みかけた。だが、ナイジェルは気がつかないのか背中を向けると舷窓《げんそう》の方に行き、暗黒の海を眺めているのだ。

「いい夜だ」そして、リズの方に向き直った。「僕はデッキで寝ることにするよ」

デッキで？　唾をのみこむと、我知らずのうちにリズは言った。「寝心地が良くなくってよ」

「あのデッキチェアーはベッドとして充分使えるよ」淡々と、まるでリズに気のないようすだ。

心の中をすき間風が吹き抜けるようだ。リズは虚脱したように自分の手を見つめた。私の勘違いだったのかしら？　ナイジェルは、もう私に欲望を感じないのかしら？

「寒いわ……それに湿気も多いし……」

「デッキの棚に寝袋《スリーピングバッグ》があったはずだ。外で寝《た》たい人用に用意してあるんだ」

ナイジェルが行ってしまってから二十分経っても、リズは椅子から動けなかった。頭ではわかっていた。しかし自分の片意地を捨てきれずにリズは迷っていた。ナイジェルは私を愛している。それはたしかだ。愛しているからと言って、彼のほうから折れることはしない。もしナイジェルが欲しいのなら、私のほうから行くしかないのだ。

また十分経った。心に受けた痛手のため、リズの目は潤んでいた。

自分から折れるのはよそう。リズは服を脱ぎはじめた。しかし、ちょっと待って。リズが今夜折れて出るのは一時のこと……さもなければ、明日の晩もきっと同じことになる。そして結局、どちらかが折れるまでこんな状態が続くだろう――いや、リズのほうが折れるまで……。

「私はいやだわ。彼が先にしびれを切らすに決まっている」そう言いながらも、ナイジェルが音《ね》をあげるようなことがないことはわかっていた。それでもかまうものか！　着替えを済ませると、ベッドにもぐりこんだ。

一時間ほど眠れずに寝返りばかりうっていたが、起き上がると暖かいハウスコートをまとった。それから決心がつくまでには、またかなりの時間がかかった。だが、一度心を決めると迷うことはなかった。

ナイジェルは手摺《てす》りのところに立っていた。リズは彼が言っていたデッキチェアーや寝袋を探したが、そんなものはどこにも見当たらなかった。彼は港に停泊中の船や海岸沿いの船の灯に目を凝らしている。カフェーやホテルにはまだ明かりがともり、散策する人々、花の影で休む人などが見えた。

ナイジェルにそっと近づいてリズは立ち止まった。リズの気配を感じたのか、ナイジェルが振り向いた。

感動的な一瞬だった。快い夜のしじまの中に、二人はお互いの視線をからみあわせて立っていた。えも言われぬ甘美な一瞬だった。

だが、ナイジェルの一言で魔法はとけてしまった。「なにか用?」

リズはもう一歩進んだ。

「眠れないの」リズはナイジェルを見ないように顔をそむけた。もし、ナイジェルの勝ち誇ったような表情を見てしまったら、自分の決心がぐらついてしまうだろう。

「君らしくないね」

リズはなにも言わずにうなずいた。

「ちょっと飲もうか？」

リズはたじろいだ。ナイジェルはいったいなにを考えているのだろう。彼が自分を愛しているというのは思い違いかしら……。ふと、リズの脳裏に夫の言葉が甦《よみがえ》る。よく考えてみるんだ。いつか必ずわかる日がくるとナイジェルは言っていた。リズはナイジェルの今の誘いを黙殺した。

「私、ずっと考えていたんだけど……」リズは訴えるように甘く話しはじめた。ナイジェルは近寄って来てやさしくリズの顎の下に指をやり、自分の方に向けた。

「なにを考えていたんだ？」彼はリズを見つめた。リズはやっとの思いで夫に笑いかける。ほの暗い光の中で彼がリズを咎めるような表情をしているのを見てとった。リズの顔からほほ笑みは消えた。彼女の心は自分の運命を無条件に受け入れるか、それとも、最後の抵抗を試みるか、揺れ動いていた。

「あなたが前におっしゃったこと。よく考えてみるんだっておっしゃったでしょう？」

「そう、言ったね……」

ナイジェルは用心して言葉を選んでいた。からかったり、じらしたりするようすはまったくなかった。

「それで、君はずっと考えていたのかい？」

リズはうなずいた。リズの手は、彼女の顎をつかんでいるナイジェルの手に重ねられた。

ナイジェルは彼女の手をやさしく包むと、自分の胸に押し当てた。

「あなたがなぜ私と結婚したか、その理由もきっとわかるとおっしゃったわ」ナイジェルがなにも言わないのでリズは続けた。「あなたが私と結婚したのは……」突然、怖くなって次が続かなくなった。彼の顔に目をやると、光の中でその表情が和らぎ、そのほほ笑みがやさしくなっているのに気がついた。「あなたが私を愛してくださったからでしょう？」そうであってくれと、祈るようにリズは言った。

答えのかわりにナイジェルはリズを抱きしめた。彼の心の奥から絞り出したようなため息が細かな震えとなって体を包むのをリズは感じた。そして、このとき初めて、ナイジェルがあきらめかけていたことに気がついた。

「そうだ、リズ。僕は君を愛したから結婚したんだ」そよ吹く風がさざ波の上を渡っていった。「僕の愛に愛でこたえてもらえたと思っていいんだね？」リズの耳元にささやいた。

「愛しているわ」リズは素直に答えた。そして今、リズは意地を捨て、自分のほうから折れたのだ。顔を上げると、彼からのキスを待った。

長い間、二人は黙ったままだった。今や自信に満ち溢れたナイジェルは、なぜなかなかデッキに出て来なかったのかとリズを責めた。

「出て来ると思っていたの？」笑ってナイジェルはうなずいた。なんて自信満々なのかしら……。ナイジェルの求愛に、夢心地でかすんでいたリズの目は、もう怒りにきらめいたりはしなかった。彼が予期していたにしても、いなかったにしても、いずれはこうなったのだと思えた。

「でも、あまり遅いから、君がますます鎧にしっかりと身を包んで、さっさと眠ってしまったんじゃないかと心配になってきたところだったよ」

リズは思わず吹き出した。

「効果がなくても、また同じことを試してみたかしら？」

「何度でもやってみただろうな」

ナイジェルがぎりぎりまで譲っているのがわかったリズは、自分の思いのたけを表そうと彼に寄り添った。ナイジェルは再び、やさしく、しかし激しくリズの唇に自分の唇を合わせた。

「ダーリン、実は先週、僕はグレタと一緒じゃなかったんだ」そっとささやいた。リズは一瞬ためらったが、つい正直に言ってしまった。

「知ってたわ。彼女はデルフィにいたんですもの」

ナイジェルはリズを押し離した。「どうしてわかったんだい？」

「大丈夫よ。グレタが訪ねて来たんじゃないかと考えていらっしゃるんだったら違うわ。スピロが教えてくれたの」

彼の唇が少し引きつったようだった。

「まったく、スピロのやつはよけいなことばっかりするんだから、それに君は……。君はずっとわかっていたんだね？」

「そうよ。知っていたわ」

「そのくせに、楽しかったなんて僕に言わせたりして……」

「気分転換ができたとか……」リズはどうしても思い出させてやりたかった。

「僕のことをばかにして笑ってたんだな」

「ナイジェル、もし、私が笑っていたとすれば、それはあなたのせいよ。それに、あなたこそ、最初から私のことをばかにして笑っていらしたじゃない」

リズの悲しそうな口調に、ナイジェルはちょっと怒ったように言った。

「これからは、二人で一緒に笑おう。お互いをばかにして笑うのはもうやめだ」

リズはうなずくと、夢心地で彼に頭をもたせかけた。

「カーニで……あのとき、私を愛していると、あなた言いかけたんでしょう？」

「たしかにそうだった。でも、君がまだ僕の愛を受け入れる準備ができていないようだったし、つまり、僕が望んでいるような状態じゃなかったんで思いとどまったんだ」

「謙虚さが足りなかったのね？」彼女の声のとげとげしさは隠せなかったものの、そんな感情もナイジェルの表情を見て和らいだ。

「君に卑屈になってほしいなんて思ったことはないよ、リズ。今だって思ってはいない。

妻にしたいのは完璧な女性――男性にとって魅力的なものすべてを備えた女性だ」彼はさとすように続けた。「リズ、君はおばかさんだったね」

リズも認めた。そして、ふと思いついて、ナイジェルが以前スピロはわかっちゃいないんだといったけれど、それはどういう意味だったのかと尋ねた。

「彼はなんでも知っているつもりでいるんだ」ナイジェルは思い出しながら答えた。「彼は僕が遺言の異議申し立てをしにイギリスに行ったと話したんだね。でも、彼はそこまでしか知らない。もっと大事なことは、僕はあのテントの中でキスした瞬間から、君を愛してしまったということなんだ」

「スピロは私が遺言にからんでいたことは知らなかったわ」

「そういうことさ。ふらっとやって来て、君を狼狽《ろうばい》させたっていうわけさ。知らなかったこととはいえ、彼が君を動転させたことは事実だ。そして、僕はそれに腹を立てたんだ」

「わかったわ」

短い沈黙が続いた。

「ナイジェル……」

「なに？　いとしい人」

「グレタとの情事はあなたの本意じゃなかったんでしょう？」

沈黙に押しつぶされそうになった。リズはせっかくの雰囲気を自分から壊してしまったのではないかと心配だった。しかし、しばらくすると、ナイジェルがぶっきらぼうにきき返した。

「なぜそんなことを言うんだ」

「あなたが、どんな強い者でも誘惑に負けることがあると言ったからよ。私は彼女……グレタ……が、とても魅力的だから、本心ではなくともつい誘惑されてしまったということだと思ったの……」

ナイジェルは首を振った。

「リズ……僕の言った誘惑というのは、君自身のことだったんだよ。ある意味では当たっている。僕は君に会ったとたん、君に魅惑されて負けたんだ」

信じられない。

「それじゃ、グレタのことじゃなかったのね?」

リズは自分の読みの浅かったのを思い出した。もし、ナイジェルがグレタを本心から愛していないのであれば、リズにも分《ぶ》があると思ったこともあったからだ。「私ってばかね」

「そうだよ。ほんとうにおばかさんだよ」

彼を見上げると二人は声をあげて笑った。そして数分経ったころ、ナイジェルは抱きしめていた腕をほどき、リズを押し離すと、真顔になって言った。

「グレタと両親はデルフィから出て行く。父親がサモスレス島に小さな果樹園を買ったのさ。ここからはかなり遠いところだ」なにも言わない妻を見つめ、続けた。「愛しているよ、リズ。君は僕が愛したただ一人の女性だ。これからも君だけを愛していく。僕の言うことがわかるね？」

リズは幸せそうにほほ笑んだ。なにか言おうとしたが、ナイジェルのキスに口をふさがれてしまった。無心にこの素晴らしいひとときに身をあずけた。そして二人は腕を組み、寄り添いながらキャビンへ続く階段をおりて行った。

●本書は、1983年1月に小社より刊行された作品を文庫化したものです。

一ペニーの花嫁

2023年10月15日発行　第1刷

著　　者／アン・ハンプソン
訳　　者／須賀孝子（すが　こうこ）
発 行 人／鈴木幸辰
発 行 所／株式会社ハーパーコリンズ・ジャパン
東京都千代田区大手町1-5-1
電話／03-6269-2883（営業）
0570-008091（読者サービス係）
印刷・製本／中央精版印刷株式会社
表紙写真／© Santorines | Dreamstime.com

定価は裏表紙に表示してあります。
造本には十分注意しておりますが、乱丁（ページ順序の間違い）・落丁（本文の一部抜け落ち）がありました場合は、お取り替えいたします。ご面倒ですが、購入された書店名を明記の上、小社読者サービス係宛ご送付ください。送料小社負担にてお取り替えいたします。ただし、古書店で購入されたものについてはお取り替えできません。文章ばかりでなくデザインなども含めた本書のすべてにおいて、一部あるいは全部を無断で複写、複製することを禁じます。®とTMがついているものはHarlequin Enterprises ULCの登録商標です。

この書籍の本文は環境対応型の植物油インクを使用して印刷しています。

Printed in Japan © K.K. HarperCollins Japan 2023
ISBN978-4-596-52686-1

9月27日
発売

ハーレクイン・シリーズ 10月5日刊

ハーレクイン・ロマンス

愛の激しさを知る

富豪が望んだ双子の天使　ジョス・ウッド／岬　一花 訳

海運王に贈られた白き花嫁　マヤ・ブレイク／悠木美桜 訳
《純潔のシンデレラ》

囚われの結婚　ヘレン・ビアンチン／久我ひろこ 訳
《伝説の名作選》

妻という名の咎人　アビー・グリーン／山本翔子 訳
《伝説の名作選》

ハーレクイン・イマージュ

ピュアな思いに満たされる

午前零時の壁の花　ケイト・ヒューイット／瀬野莉子 訳

婚約は偶然に　ジェシカ・スティール／高橋庸子 訳
《至福の名作選》

ハーレクイン・マスターピース

世界に愛された作家たち
～永久不滅の銘作コレクション～

誘惑の落とし穴　ペニー・ジョーダン／槙　由子 訳
《特選ペニー・ジョーダン》

ハーレクイン・ヒストリカル・スペシャル

華やかなりし時代へ誘う

子爵の身代わり花嫁は羊飼いの娘　エリザベス・ビーコン／長田乃莉子 訳

鷲の男爵と修道院の乙女　サラ・ウエストリー／糸永光子 訳

ハーレクイン・プレゼンツ作家シリーズ別冊

魅惑のテーマが光る極上セレクション

バハマの光と影　ダイアナ・パーマー／姿　絢子 訳